貴族の恋は禁断の香り

Bound by Deception / Bound to Him

アヴァ・マーチ

Ava March

prism romance

わたしのヒーローにして、知りうるかぎりでもっとも素敵な男性、クリスへ。
いつも信じてくれてありがとう。家族のみんな、支えてくれてありがとう。
ジェニファーとシャロン、献身と励ましをありがとう。
みなさんにこの本を捧げます。

CONTENTS

貴族の恋は禁断の香り　7

貴族の恋は背徳の陰に　133

訳者あとがき　288

貴族の恋は禁断の香り

1

一八二二年四月、イングランド、ロンドン

「いくらなんです？」

マダム・ドラクロアは口紅を差した唇に指で触れた。「おもしろいリクエストね」

「この種のお願いをしたのは、ぼくがはじめてじゃないはずだ。前例があるでしょう？」

「そうね」マダムは顔に落ちかかったひと筋の赤褐色の髪を耳にかけた。「相手に代えがきかないというのは珍しくないわ。〝あなたの〟リクエストだからこそ興味深いの」

自信たっぷりな物言いだ。オリヴァー・マースデン卿は不安を感じ、真っ赤な革張りの椅子の中で体をもぞもぞとさせた。これまで彼は、できるだけこの女性を避けてきた。従業員と直接やり取りをするほうがずっと楽だったからだが、今日ばかりはそうもいかない。この部屋を訪れ、日夜さいなまれつづけている願望を口に出すためには、ありったけの勇気をかき集めなくてはならなかった。いくらと言われようがなんとかしてみせるつもりではいたが、まずいことにデスクの向こうに座っているマダムもその決意を承知していた。

だが、金にだらしのないカムデン侯爵の悪い評判を知らぬ者はいない。その息子である自分がそれほど余裕のある生活を送っているわけではないのも、マダムは知っているだろう。払える限界を超えた金額を要求されることはない。オリヴァーはそう踏んでいた。

もちろん、だからといってとびきり安く引き受ける義理もマダムにはないはずだ。オリヴァーは強がって肩をいからせた。「ヴィンセント卿からも料金は取るんだ。倍の稼ぎになるうえに、従業員も空いた時間で他の客を取れるんですよ」

「それはそうね」マダムが立ちあがって壁際のテーブルに歩み寄った。静寂の中で真っ赤なシルクのガウンがこすれる音だけを響かせ、足をとめて肩越しにオリヴァーを振り返る。

「何かお飲みになる?」

ウイスキーを一本空けたところで、この胃を締めつけるような緊張がおさまるとも思えなかった。「いいえ、結構です」

マダムが眉をひそめた。〝いいえ〟という言葉を聞き慣れていないのだ。短いグラスに透明な液体が半分ほどそそがれると、香りがオリヴァーのところまで届いた。細長いボトルに栓が戻され、かちりと音を立ててガラスが触れ合う。マダムは上品な仕草でジンをひと口すすった。優雅さを装ったこの部屋や彼女の外見には不似合いな飲み物だ。

「この店を使いたいと言ったわね」

オリヴァーはうなずいた。その拍子に眼鏡が落ちかかり、あわてて指で戻す。「ここじゃないとだめなんです。ヴィンセント卿は毎月、最初の木曜日にこの館を訪れる。他の場所というわけにはいかない」

テーブルに寄りかかり、マダムはグラスを回してジンをかきまぜた。「わたしのお客さまをだまそうというのね。誠実で信頼できる、払いのいいお客さまを。もしあなたの企みにわたしが協力したと知ったら、ヴィンセント・プレスコット卿はおもしろくないでしょうね」

「彼にばれることは絶対にありません」

「わからないわ」マダムはひょいと肩をすくめた。

「娼館の者は決して客の秘密を漏らさないのでしょう？　ぼくもヴィンセント卿には何も言わないし、もちろん正体を気づかれないように細心の注意を払います」

マダムが眉をあげた。「ヴィンセント卿は鋭い方よ。きっとあなたに気づくわ。無精髭を三日ばかり伸ばしたところで、到底ごまかせないわよ」

オリヴァーは髭がざらつく顎をなでた。「ぼくだって、こんなことでごまかせるとは思っていない。これだけでは不充分なのは百も承知です。だが部屋は暗くするし、何よりヴィンセント卿にはこちらの正体を疑う理由がない。いつもの相手の代わりだと案内役の娼婦が言えば、彼はそれを信じるでしょう」

オリヴァーはヴィンセントを子どものときから知っていた。ふたりはともに侯爵の次男として生を受け、寄宿学校に入った初日に出会った。そしてオリヴァーは、いまだに説明のつかない不思議な理由で、無愛想でいながら礼儀正しい十一歳のヴィンセントにたちまち魅了されたのだ。頭の出来がそれほどよくなかったオリヴァーは何度も成績不振で放校処分の瀬戸際に立たされたが、そんなときに勉強を手伝い、救ってくれたのはいつもヴィンセントだった。一方のヴィンセントは一番を取れないときが稀と言っていいほどの優等生で、オリヴァーは試験の結果が出るたびに、日ごろのお返しとばかりに真っ先に祝いの言葉をかけたものだ。

ふたりはほとんど一心同体のように学校生活を送り、休みのときでさえヴィンセントの祖父が所有するドーセット州の屋敷で一緒に過ごした。四年のあいだ、オリヴァーは一度も家に帰らなかった。手紙があまり来なかったことからして、家族は誰も彼に会いたいとは思っていなかったに違いない。父は賭場に入りびたりだったし、兄にも関心を持たれたことはなかった。だからヴィンセントと一緒に釣りや狩りをしたり、泳いだりした休日は、オリヴァーにとってかけがえのない少年時代の思い出になったのだ。やがてヴィンセントはケンブリッジ大学に入学し、オリヴァーは……取り残された。

いまでは昔ほど親しくしていないとはいえ、ふたりが友人となって十三年がたっている。そのあいだ、ヴィンセントが男性に関心を持っていると匂わせたことは一度もなかった。ヴィンセントにしてみれば秘密を誰かと分かち合いたいとも、他人に明かしたいとも思わなかったのだろう。その気持ちはわかる。オリヴァーもずっとヴィンセントに対する気持ちを隠しつづけてきたのだから。明日、オリヴァーがしようとしていることを知ったら、ヴィンセントは最大の裏切りだと思うに違いない。閉ざされた安全な娼館で秘密の欲望を発散するのと、親友と裸で抱き合うのとではわけが違う。

マダムがグラスに二杯目のジンをつぎ、デスクのうしろの椅子に戻った。しばらく押し黙ったままだ。オリヴァーは意志の力を総動員して、真っ直ぐに見つめてくるマダムの視線を受けとめた。

「わたしに〝特別な配慮〟をしてほしいと言ったわね」マダムが言った。

ようやく話が核心に入ってきた。けっきょくのところ、沈黙をいくらで買うかという話なのだ。遠回しにではあるが、ヴィンセントにこの計画を知らせないのが重要だということはすでにマダムに告げてあった。こんなときヴィンセントなら、逆に相手から金を取っていてもおかしくないのに。オリヴァーは自己嫌悪に頭を振りたくなるのを必死で抑えた。昔からヴィンセントは何をやっても優れているのに、自分は何をやってもだめだった。まったくだめなのだ。今夜も、ヴィンセントと一夜を過ごすために大変な代償を払わされることになるのかもしれない。

オリヴァーは髪をかきあげた。「ええ。それが必要なんです」声に敗北感が漂うのを自分でもどうすることもできない。

アイシャドーでふちどられたマダムの目が勝ち誇ったようにきらりと輝いた。主導権は完全に握られた。あとは同じしぼり取られるにしても、マダムが手加減してくれることを期待するしかない。

マダムがデスクの引き出しから紙を一枚出すと、ペン先をインクつぼにつけた。そのまま白紙の紙をじっと見つめている。オリヴァーは固まったように座ったまま、マダムがつぼにペンを軽く打ちつけて余分なインクを落とすのを見ていた。どくどくと血が流れる音が耳に鳴り響く。マダムにすがりついて懇願したい心境だった。ようやくマダムがペンを動かすと、さらさらと数字を書く音が不自然なまでに大きく聞こえた。

「特別な要求ですからね。それなりの額はいただくわ」マダムがそう言って紙をデスクの上ですべらせ、オリヴァーのほうによこした。

オリヴァーは前かがみになって紙を手に取った。目を閉じて、〝特別な配慮〟に対する代償が払える範囲内であることを祈る。母が残してくれた遺産でなんとか生きていくことはできるが、余分な金などない。だからオリヴァーは最近、タバコの煙が漂う賭場に足繁く通っていた。大きな勝負に勝つまで何カ月もかかったのだ。いまポケットに忍ばせている札束で間に合わないとなると、もう一度ここにやってきて同じことを頼むまでにどのくらいかかるかもわからない。

息をつめてゆっくりと目を開ける。安堵で肩から力が抜けていった。自宅に飾っている二枚の絵画を売らなければならないだろうが、その代金といま持っている金を足せば、ヴィンセントと一夜をともに過ごせる。

オリヴァーは上着のポケットから札束を出した。「残りは今夜払います」

マダムがうなずいてオリヴァーの提案を受け入れ、口紅を差した唇を曲げて満足げに笑った。長く娼館を切り盛りしてきたのだ、客の財布からいくら引き出せるのかくらいはわかっていて当然なのかもしれない。マダムはさらにジンをひと口すすった。「ヴィンセント卿を部屋に案内するとき、いつもの相手がいないとホリーに伝えさせるわ」

ホリーとは、ヴィンセントが娼館の他の客たちの目をごまかすために指名するブロンドの女性の名だ。

「ヴィンセントが何か言ったら?」

「そのときはホリーがなんとかする。だからあの子には事情を説明しておかないとね。でも大丈夫。きっと何も言わないわ。男を抱きにくるんですもの。相手がハンサムなら、ヴィンセント卿もいつもどおりに〝やる〟だけよ」

マダムのあからさまな言いかたに、オリヴァーの心臓が激しく打ちはじめた。たじろいで顔をゆがめそうになるのをなんとかこらえる。たしかにヴィンセントが求めているのはベッドをあたためる欲望のはけ口にすぎない。オリヴァーが求めているのはヴィンセントだけだというのに。明日の夜、オリヴァーは人生のすべてを賭ける。だが、愛するヴィンセントにとってはなんの意味もないのだ。

「中庭につながっている裏口があるの」マダムが言った。「明日の夜、十一時にそこへ来て。召使が部屋まで案内するわ」

オリヴァーはうなずいた。

何気なかったマダムの口調がいきなり厳しくなった。「うちはサービスの質の高さが売りなのよ。お客さまには笑顔で帰ってもらう。うちの者の代わりにお客さまの相手をしてもらう以上、あなたにも同じようにしてもらいますからね」

「もちろんです」オリヴァーはぼそりと言った。マダムの目つきからして、つぎは服を脱がせて従業員としてふさわしいかどうか確かめるとでも言いかねない。彼は素早く立ちあがり、小さくお辞儀をした。「ありがとう。では、これで」

マダムは意味ありげな微笑みを浮かべ、落ち着き払って椅子の背に体を預けた。一方のオリヴァーはひたすら逃げ出したい心境だった。「あなたのご要望に応えられて嬉しいわ、オリヴァー卿。お客さまの望みをかなえるのがわたしの喜びですもの。たとえどんな望みでもね。明日はヴィンセント卿があなたの希望をかなえてくださるでしょう」

「あなた、新人さん？」

「う……うん」オリヴァーは階段を先にのぼる召使の背中に答えた。以前、客として来たことには気づかれていないようだと、安心して胸をなでおろす。この娼館で召使の姿を見たことはほとんどなかったが、これだけの広さだ。小さな軍隊並みに数をそろえておかないと手も行き届かないだろう。この娘がこちらをマダムの新しい従業員だと思っているのなら、あえてそれを正すこともない。正体を知っている者は少なければ少ないほどいいのだ。

オリヴァーは昨日マダムに言われた時間きっかりに娼館の裏口に来て、この召使の出迎えを受けた。この三十四時間は永遠とも思える長さだったが、ようやくここまでこぎつけた。いよいよそのときがやってきたのだ。上着の前をしっかりと押さえ、高まる興奮を胸のうちにとどめる。

狭い階段は、同じように狭い廊下につながっていた。召使専用の廊下に違いない。娘がひとつのドアを開けて、入るようにオリヴァーをうながした。小さな部屋で、背が真っ直ぐの木製の椅子と細長い脚のテーブルが置いてあるだけだ。

「どこでマダムに拾われたの？」娘がイーストエンド（ロンドンの貧民区）独特のアクセントで尋ねた。

オリヴァーは答えようとして口を開けたが、なんと言っていいかわからず、すぐに口を閉じた。マダムはどこで娼館の従業員になるような男を拾ってくるのだろう？

答えてもらえないと察したのか、娘は肩をすくめた。「いつもマダムが見つけてくる人とはタイプが違うから気になったの。それだけよ」

うつむいて自分のブーツを見つめ、オリヴァーはポケットに両手を突っこんだ。あらためて言われるまでもなく、ここで働く男娼たちと比べて容姿が劣っているのは承知している。もう何年もこの娼館に通い、自分でも快楽をむさぼってきたのだ。男娼たちは例外なく絵に描いたようなハンサムだった。とはいえ、誰ひとりとしてオリヴァーが想像するベッドの中のヴィンセントにはかなわなかった。肩幅は足りないし、青い瞳の持ち主はいても、夏の空のように澄んだヴィンセントのそれには到底及ばない者たちばかりだ。そして、熟成したウイスキーさながらにしっとりとして、肌をなでるように響く深い知性的な声の主もひとりもいなかった。

「服はここにかけるのよ」娘が壁に並べて打ちつけてある釘を指差した。召使らしく動きやすそうな茶色のドレスを着て、くすんだ茶色の髪の上から白い帽子をかぶっている。十八歳より上には見えないが、落ち着いた様子からは娼館で働くことに慣れているのがうかがえた。

娘は椅子の背にひょいと腕をかけて持ちあげると、そのまま小さなドアを開けて隣の部屋に入っていった。

オリヴァーはどうしたらよいかわからず、とりあえず娘のあとに続いた。隣の部屋はすでにろうそくがともされ、暖炉にも火が入っていた。磨きこまれたマホガニー材の調度品と床板が光っている。壁には控えめな黄褐色とクリーム色の壁紙が張ってあり、大理石の暖炉のそばには座り心地がよさそうな黒の革張りの椅子がふたつ置かれていた。この寝室ならヴィンセントの趣味にも合うだろう。きちんとしていて男性らしく、すべてがうまく調和している。娘がベッドの脇に置いた、背の真っ直ぐな木製の椅子を除いては。

ドレッサーのほうでがちゃりと金属の鳴る音がした。見ると、娘が腰をかがめて引き出しの中を探っている。やがて娘は向きを変えて椅子のほうに戻ってきた。

娘の小さな手に握られたものを見て、ヴィンセントは目を見開いた。不安が皮膚をなで、うなじの毛が逆立つ。娘が木製の椅子の上に立ち、天井に取りつけられたフックにチェーンをかけた。チェーンの先は長さ六十センチくらいの鉄の棒の両端につながっていて、天井から吊りさげると全体が三角形になる。娘は唇をすぼめ、棒が床と水平になるように調節した。

オリヴァーは、それが自分を拘束するための器具だとすぐに理解した。心臓が体の中で暴れ出す。

娘がまたドレッサーに歩み寄り、引き出しからつぎつぎと道具を取り出した。鉄の輪がついた厚い革の手錠をふたつと、それよりやや大きい足かせがふたつ。両端にフックがついた鉄の棒がもう一本。オイルと思われる金色の液体が入ったボトルが二本。柔らかそうな白いタオルに、直径五センチほどの鉄の輪。さまざまな大きさの大理石の張形。そして革を編んだ長い鞭と、やはり革製で先が何本にも分かれている鞭。木製のパドルもあった。昔、寄宿学校の校長が好んで使っていたのと似ている。オリヴァーは一歩前に踏み出し、鼻梁に乗った眼鏡を指で押しあげた。あれは犬の首輪だろうか？

違う。道具はすべてオリヴァーのためのものだ。部屋を間違えたと思いたかった。ヴィンセントが密かに男性のパートナーを求めていると知ったときも充分に驚いたのだ。オリヴァーにとって幸運ではあったが、それでも衝撃だったことには違いない。そのうえこんどは……これだって？　少年時代から知っている、どちらかといえば保守的なヴィンセントからはまるで想像もできない。

　娘はオリヴァーの名をきかなかった。他の誰かと間違えてこの部屋に連れてきたのかもしれない。「すみません、ぼくの相手は貴族だと聞いているんですが」

「そうよ」娘はオイルの入ったボトルを一本ポケットに入れ、小さなドアの脇にある洗面台に向かった。

「ヴィンセント・プレスコット卿？」

　娘がピッチャーに入った水をたらいに移す。「ええ、じきにおいでになると思うわ」

　オリヴァーの鼓動がさらに激しくなった。これは現実だろうか。もう一度ドレッサーに目をやると、そこにはやはり革の手錠が置いてあった。ヴィンセントに服従するところを想像する。思いがけない期待が背中を走り、オリヴァーは身震いを覚えた。そして身震いはすぐに恐怖に変わり、胃のあたりにずっしりとのしかかってきた。ヴィンセントに拘束されたあと、彼がろうそくに火をともしたら？　正体がばれるのを防ぎようがなくなってしまう。オリヴァーは両手で髪をかきむしった。

　娘は洗面台のいちばん下の引き出しから白いタオルをもう二枚取り出し、一枚をポケットのボトルと一緒にたらいの脇に、もう一枚をベッドサイドテーブルの上に置いた。部屋を見回し、すべてが正しい位置に配置されているかどうかを確かめる。革張りの椅子の横で立ちつくしているオリヴァーに視線を向けると、娘は小さなため息をついた。茶色の瞳に同情するような光が浮かんでいる。「怖がらなくても大丈夫。ヴィンセント卿は優しい方だし、ひどいことはしないわ。ずっと残るような傷にはならないはずよ。気休めだけど、ヴィンセント卿はキャメロンのお気に入りのお客さまなの。あなたが代わりに相手をするとマダムに言われて、むくれてたわ」

キャメロンがヴィンセントを気に入っているのは知っていた。月に一度やってくるハンサムな貴族の話をしたのも、その素性を推測する手がかりをオリヴァーに与えてくれたのも、あの端整な顔をした金髪の男娼だった。そしておぞましいことに、オリヴァーも違う意味でキャメロンのお気に入りだったのだ。金を払って男娼を受け入れる物好きな男性客はそういないのだから無理もない。「怖がってなんかいないよ」オリヴァーはせわしなく動こうとする体を必死で抑えつけた。

娘は肩をすくめた。「ズボン以外はぜんぶ脱いで。ズボンの下に何かはいているならそれも脱ぐのよ。ヴィンセント卿がおいでになるまでに準備をしておいて」

それを最後に娘が木の椅子を手に部屋をあとにし、オリヴァーはひとり残された。

自分はいったい何をしているのだろう？　疑問が頭にうずまいたが、ヴィンセントと一夜を過ごすためにはこうするより他になかったし、いまさらあとに引くつもりはない。オリヴァーはごくりとつばを飲んだ。もうあと戻りはできないのだ。

天井から吊りさげられた鉄の棒に目をやらないようにして、服を脱ぎはじめた。

「くそっ」首に巻いたタイの結び目と格闘しながら、オリヴァーはつぶやいた。一度としてうまく結べたためしがないうえに、こんどはほどけないときた。洗面台の鏡を見て、ようやくタイをはずすことに成功した。しわくちゃのタイを床に落とし、オリヴァーは鏡に映る自分の顔を見た。

いつもよりずっとだらしなく見える。だが、無精髭と部屋の暗さのおかげでヴィンセントに正体を悟られずにすむならこれでいい。ヴィンセントは最近まで長く郊外に滞在していたし、戻ってきてからもオリヴァーは意識的に彼を避けていた。少しでも印象を弱めようとしてのことだ。髭は四日も剃っていないし、伸びすぎた髪もあえて切らなかった。濃い茶色の髪は、頭に手をやる癖のせいでぼさぼさだ。細いふちの眼鏡の奥から、見慣れた茶色の目が見つめ返してくる。どうしてヴィンセントが友情以上の感情を自分に対して抱かなかったのか、オリヴァーにはよくわかっていた。特別なところなど何もないのだ。身長も体つきも知性も、ごく普通。平凡そのもののつまらない男、それが自分だった。

オリヴァーは咳払いをして上着のボタンに手をかけた。なんにでも優れた男性と一緒に少年時代を過ごせば、自分の平凡さにうんざりするようになるのも無理はない。かといって、ヴィンセントの成功をねたんでいるわけではないのだ。むしろ彼に対しては、憧れしか感じていない。

もっと正直に言えば、憧れ以上の感情を抱いているからこそ、いまこうしてこの部屋にいるのだが。

暖炉の脇の靴べらを使って、オリヴァーはブーツを脱いだ。召使に言われたとおり――ヴィンセントの意向どおり――に服を脱ぎ、隣の部屋の小さなテーブルの上に無造作に置いた。寝室に入ってから眼鏡をしたままなのに気づき、引き返して、はずした眼鏡を上着のポケットに押しこんだ。

ヴィンセントがはっきりと見える距離まで近づいてくれることを、オリヴァーは切実に願った。上等な服を脱ぎ捨てたヴィンセント・プレスコット卿の姿を、しっかりと目に焼きつけなければならないのだ。生涯その光景を抱えて生きていけるように、何ひとつ見逃すわけにはいかない。

オリヴァーは一本ずつろうそくの火を消していった。暖炉の火だけになると部屋はすっかり暗くなり、隅のほうはよく見えないくらいになった。暖炉の前を行きつ戻りつしているると、ズボンの内側がみずからの分身にこすれた。ズボンの下に何もはいていないことが、不思議なまでに性的な気分を高めていく。期待と恐怖の入りまじった、これまで感じたことのない気分に全身が包まれていた。

ぶらさがっている鉄の棒と、ドレッサーの上に置いてある道具に、どうしても視線が引きつけられてしまう。さまざまな想像が頭の中にうずまいた。鉄の棒に手首を固定され、ヴィンセントにうしろからオイルのしたたる指で秘部をまさぐられ、奥深くまで愛撫される。そのことを思うと欲望がオリヴァーの全身にこみあげ、脚の力が抜けていった。いや、それだけでは充分でない。ヴィンセントのすべてを受け入れるのだ。そのためなら縛られても首輪をつけられても、あるいは情けを求めて泣き叫ぶまで鞭打たれてもかまわない。

閉じたドアの向こうから鈴の音のような女性の笑い声が聞こえてきた。オリヴァーは足をとめて耳をそばだてた。男らしい深みのある声が聞こえる。

〝彼〟がついにやってきたのだ。

オリヴァーはいてても立ってもいられず、あわてて部屋の中を見回した。座ったほうがいいのだろうか？　それとも立ったまま？　あるいはベッドに入る？　興奮と不安がぶつかり合い、頭がくらくらするような感覚に襲われる。

そのとき、かちりと音を立ててドアが開いた。

2

小柄な金髪の女性がまず姿を見せ、つぎにその女性に手を引かれた男性が入ってきた。廊下から漏れてくる光が、背が高く肩幅の広いシルエットを浮かびあがらせた。ヴィンセントは百八十八センチの長身だ。オリヴァーよりきっかり十センチ背が高い。

男性がドアを閉めようと振り返った瞬間、喉もとがきらりと緑色に光った。眼鏡がないので表情もはっきりと見えないが、男性はヴィンセントに間違いない。オリヴァーの知るかぎり、緑色に輝く翡翠のタイピンをつけている男性はヴィンセントだけだ。

「ブランデーをお持ちしましょうか?」女性が壁際の暗がりに向かって歩きながら尋ねた。

「いいや、結構だ」

深く豊かに響く声を耳にして、オリヴァーの息がつまった。すでに昂ぶっていたものがいっそう硬くなり、ズボンの前が張りつめる。ヴィンセントの声を聞いただけで体が反応してしまうことは、これまでにも何度もあった。賭場でも、社交クラブ〈ホワイツ〉のサロンでも、舞踏会でも。自分を抑えられず、どこでも欲情をもてあましてきたものだ。

ヴィンセントが真っ直ぐにこちらを見つめている。視線の力を肌で感じられそうだ。オリヴァーは椅子の横に移動した。暖炉の火を背にすれば顔が見えにくくなる。

「ホリー？」

「そうなんです、閣下」ホリーがヴィンセントの正面に立った。「キャメロンは今夜、お相手ができないんです。マダムがじきじきに閣下のために彼を選びました。失望はさせませんとのことです」

「ふむ」ヴィンセントが顎をなでた。

オリヴァーの膝が震えた。椅子の背をぎゅっと握りしめる。もしヴィンセントに拒否されたらどうなるのだろう？　この薄暗い部屋の中でさえ、相手としてふさわしくないと見限られたら？

「いいだろう」

ヴィンセントの声は満足とはほど遠く、むしろうんざりしているようだったが、それでもオリヴァーは胸をなでおろした。

「何かお手伝いできることはありますか、ヴィンセント卿？」あからさまに誘うような響きで、ホリーがきいた。小さな手でヴィンセントの黒いイブニングコートの袖をなでる。

「いや、大丈夫だ」

その返事に慣れているのだろう。ホリーは小さく膝を折ってお辞儀をしただけだった。

指でドレッサーのへりをなぞりながら部屋の奥へ進み、オリヴァーに近づくと、耳に顔を寄せてささやいた。「あんまり大きな声をあげちゃだめよ。他のお客さまの迷惑になるから」

その勝ち誇ったような口調が、これから起こることを物語っていた。

オリヴァーは呆然と口を開けたまま、部屋を出るホリーを見送った。小さなドアが閉まれば〝それ〟がはじまる。マダムも知っていたに違いない。いまにして思えば、あの何か裏がありそうな微笑みと別れ際の言葉はこういうことだったのだ。だが、ヴィンセントと一夜を過ごすことばかりを考えていて気がつかなかった。

「名前は?」

オリヴァーは、はじかれたようにヴィンセントに向き直った。頭が真っ白になる。どうして名前くらい前もって考えておかなかったのだろう? 「ジェイクです」昔、飼っていた犬の名前がとっさに口を突いて出た。ろくにお座りもできなかった犬だ。

ヴィンセントは落ち着き払った様子で、大股に部屋の奥へ入ってきた。「ジェイク、どうしてろうそくに火をともしていないんだ?」

「暗いほうが落ち着くんです」オリヴァーは低い声をつくり、できるだけ召使のイーストエンド訛りをまねて答えた。「お許しいただけますか、閣下? 暖炉の火があります。真っ暗というわけではありません」

「きみしだいだな」ヴィンセントはドレッサーに歩み寄り、革の手錠のひとつを手に取った。バックルをはずすと金属の部分が音を立てた。「マダムからジェイクという名前を聞いたことはないが」

「新人なんです」

「いつからいるんだ？」

「閣下が最初のお客さまです」

ヴィンセントが手錠をもてあそぶ手をとめた。じっとしたまま考えこんでいる。

「ぼくは閣下のお相手を務めたいんです。お願いします」どうにかしてヴィンセントに受け入れてほしくて、オリヴァーは懇願した。

手錠の金属がまたしても音を立てた。「きみの〝閣下〟という言いかたは気に入った。いいだろう。ジェイク、命令に従うのは得意か？」

「は……はい」

「それならうまくやれるだろう。問題ない。さあ、こっちへ来るんだ」

オリヴァーは握りしめている椅子の背から手を引きはがし、言われたとおりにした。ヴィンセントの前まで行って立ちどまる。魅惑的な男性の芳香が漂ってきた。コロンとは違う。清潔な肌の匂いとタイに使ったスターチの匂い、そこにヴィンセント独特の何かが入りまじっている。背中の暖炉では火が燃えているが、光はほとんどここまで届いていない。ヴィンセントの顔のつくりがかろうじてわかる程度だ。暗がりの中に、高い鼻と力強い顎、そして閉じたままの唇がうっすらと見える。オリヴァーはその唇に自分の唇を重ねたい衝動に駆られた。

暗いせいではっきりとは見えないが、ヴィンセントが驚くほど澄んだ青い瞳の持ち主であることは、オリヴァーもすでに知っている。精悍な顔立ちがあまりにも男性的なので他に気づく者はいないだろうが、瞳だけは女性的と言ってもいい繊細な輝きを放っているのだ。その瞳で全身を上から下までねぶるように見つめられ、オリヴァーはあわてて顔を伏せた。伸びすぎた長い髪が前に落ちかかり、ヴィンセントの視線から顔を守ってくれた。

「髭を剃ったほうがいいな」

顔を隠すことばかりが頭にあって、ヴィンセントがどう思うかをすっかり失念していた。

「すみません、閣下」

「まあ、いまそれを言ってもしかたがない」ヴィンセントはそこでいったん言葉を切った。

「ズボンを脱ぐんだ」あっさりとあとを続ける。

オリヴァーは顔を伏せたまま震える手でズボンに手をかけ、ひと息に足もとまでおろして蹴るように脱ぎ捨てた。すでに欲望が形となって表れている。ヴィンセントに向かって真っ直ぐにいきり立ち、触れてほしいと無言で訴えていた。これでオリヴァーは一糸まとわぬ姿になったというのに、ヴィンセントはまだ上着すら脱いでいない。

ヴィンセントはいつものように非の打ちどころのない姿をしていた。上着は黒のように見えるが、黄色いシルクのベストとの相性を考えると濃紺かもしれない。目が覚めるように真っ白なタイを完璧なゴーディアンノットに締め、緑色に輝く翡翠のピンでとめてある。すらりと伸びた長い脚を包む黒いズボンの裾が、磨きあげられた靴にかすかに触れていた。

「手を出すんだ」

オリヴァーは一瞬ためらってから、おずおずと手を差し出した。ヴィンセントが手首に手錠を巻きつけるあいだ、腕の震えがとまらなかった。食いこむほどきつくはないが、抜けてしまうほどゆるくもない。革はヴィンセントが握っていたので、あたたかくしなやかになっていた。

オリヴァーのもう片方の手首にも手錠を巻きつけながら、ヴィンセントが尋ねた。「前に拘束されたことは？」

「ありません」

「怖いか？」

「少し」オリヴァーは震える声で認めた。強がってもはじまらない。不安と期待が、そして裸でヴィンセントのそばにいるという思いがこみあげ、葉っぱのように体が震えていた。

「怖がることはない」

ヴィンセントの声が優しくなり、励ますような調子になった。「やめてほしかったらそう言えばいい。いまから俺がきみの面倒を見る。俺を信用してくれるのが何よりも大事なことなんだ」

オリヴァーはうなずいた。

「よし。それじゃ準備をするんだ」

つばを飲み、オリヴァーはチェーンでぶらさがっている鉄の棒の真下に進んだ。

「腕をあげて」

頭で考えるよりも早く体がその言葉に従い、オリヴァーは冷たい金属のチェーンに手が触れる高さまで腕をあげた。顎を引いたまま、ヴィンセントが近づいてくるのを上目づかいに見つめる。急ぐことも焦ることもなく、相手を縛るのが当たり前だと思っているような自信に満ちた足取りだ。

ヴィンセントがすぐ横に来て立ちどまった。オリヴァーの手首を固定するために腕をあげると、上着が揺れる気配が伝わってきた。オリヴァーはありったけの意志の力をかき集め、ヴィンセントの表情を見たいという誘惑と闘った。正面のドレッサーに視線を固定し、そこを見つめつづける。鞭の持ち手がドレッサーの脇からぶらさがっていた。オイルの入ったボトルが暖炉の火に照らされ、他の道具の影が壁に映っている。ヴィンセントはあれをぜんぶ使うつもりなのだろうか？　それとも気分で選ぶのか？　あるいは、これから自分がどれだけ命令に従うかにかかっているのかもしれない。

いい子にしているのと悪い子にしているのでは、どちらがヴィンセントに尻をぶたれることになるのだろうか？

下腹部でいきり立つ欲望のあかしがびくりと反応した。オリヴァーは本能的に手をおろしてみずからを握りしめようとしたが、チェーンが音を立ててそれを阻んだ。顔をあげると、手錠についた金属の輪が、鉄の棒の端にあるフックに固定されている。もう片方の手首も同様に固定されていた。

とたんにパニックに襲われて動けなくなった。それでも不思議な期待が胸にこみあげ、オリヴァーは目を閉じて必死で感情を抑えつけた。

「深呼吸をするんだ」背後で穏やかな声がした。

息をしようとしても、空気が肺まで届かない。もしヴィンセントがろうそくをともしたら？　このまま部屋に取り残されたら、どうすればいいのだろう？

「早く」ヴィンセントが一転して鋭い口調で命じた。オリヴァーの髪をつかんで強く引く。

オリヴァーはたじろいだ。痛みと息苦しさで〝やめて〟というひとことが出てこない。大きく息をすると、硬直した筋肉が弛緩していった。

「いい子だ」肩口からヴィンセントの声が、あたたかいハチミツのように流れてきた。少し間が空く。「大丈夫か?」

「はい」オリヴァーは答えた。信じられないことに、本当に大丈夫なのだ。ふたたび期待が高まり、心地よい波長となって全身の感覚を支配していった。ヴィンセントが面倒を見てくれる。信用して身を任せればいい。

ヴィンセントがドレッサーに向かい、足かせともう一本の鉄の棒を手にして戻ってきた。オリヴァーの足もとで床に膝をつき、切実に張りつめたものからわずか数センチのところまで頭をさげる。そして上着の背をぴんと伸ばしながら、オリヴァーの足首に足かせをつけた。

オリヴァーは手をきつく握りしめては開くのを繰り返した。指がしきりにむずむずする。ヴィンセントのきちんと櫛を入れた髪に指を走らせ、短めの髪をつかんで、限界まで育ったものに彼の口を誘いたい。切実なあえぎ声がオリヴァーの喉の奥から漏れた。

ヴィンセントが顔をあげ、片方の眉をあげた。「脚を広げろ」

逆らうことなど考えもせず、オリヴァーは鉄の棒の長さに合わせて脚を広げた。

ヴィンセントはオリヴァーの足首を鉄の棒の両端に固定すると、またドレッサーに戻り、こんどは首輪を持ってきた。「顎をあげるんだ」

オリヴァーは背すじを伸ばし、命じられるままに顔をあげた。ヴィンセントが濃いまつ毛を伏せ、下目づかいに留め金をはめる。彼の手が喉もとから離れた瞬間、オリヴァーは顎を引き、長い髪を落として顔を隠した。つけられた首輪があと少し太いものだったら、それすらもできなかっただろう。オリヴァーの胸に安堵が広がった。この髪と暗さが、最後までヴィンセントを真実から遠ざけてくれることを祈るしかない。

ヴィンセントが一歩さがって胸の前で腕を組み、首を傾けてオリヴァーを見つめた。

ヴィンセントは気に入ってくれただろうか？　首輪をつけられ、手足を大きく広げて手首と足首を固定されている。完全に無力な状態にもかかわらず、オリヴァーは不思議な興奮が全身に満ちるのを感じていた。肌に一度も触れずに、ヴィンセントはこれをやってのけたのだ。きれいに手入れされた爪が喉もとをかすることもなかった。

ヴィンセントが上着のボタンをはずして、肩からすべらせるようにして脱いだ。黄色いシルクのベストと白いシャツがあらわになる。彼はこつこつと床板を踏み鳴らして暖炉に向かい、脱いだ上着を椅子の背にかけた。前かがみになって暖炉を火箸でつつくと、薪がぱちぱちと音を立てた。一瞬、炎が明るさを増したが、すぐにもとの暗い炎に戻った。それからヴィンセントは落ち着いた足取りでオリヴァーのもとに戻ってきた。

足取りをゆるめながらオリヴァーの横を回りこみ、背後で立ちどまる。「なめらかなのに力強い」オリヴァーの背中に手をあて、ゆっくりと下に走らせた。「美しい」つぶやくように言って尻をなで、親指で秘部をもてあそぶ。

オリヴァーは目を閉じ、ヴィンセントの手の感触を貪欲に味わった。自分が美しさとは対極にある人間なのは承知している。それでもヴィンセントが言うことなら信じてもいいような気がした。

「誉めてやったんだぞ、ジェイク」

オリヴァーは唇をかんだ。ヴィンセントの口調にいらだちがにじんでいる。返事をしなくてはいけなかったのか？「あ……ありがとうございます、閣下」

「その調子だ。同じことを二度と言わせるなよ」ヴィンセントは両腕をあげたオリヴァーの脇から手を回し、二本の指を唇に触れさせた。「なめるんだ」

オリヴァーは口を開け、指を口に含んだ。舌をからめてかすかに塩辛いヴィンセントの肌を味わう。口の奥まで指を含もうと強く吸った。指ではなくヴィンセントの大切な部分を吸っているような気がして、オリヴァーは頬をすぼめて懸命に吸いたてた。

聞こえるか聞こえないかのうめき声が背後で漏れた。「いいだろう。放せ」

冷たく濡れた指先が尻の割れ目をなぞった。オリヴァーは身を震わせた。体の奥深くがヴィンセントの指を狂おしいまでに欲している。しかしヴィンセントはあざ笑うかのように秘部のまわりに指を走らせ、オリヴァーをもてあそんだ。もう一度、指が口もとにあてられた。こんどはオリヴァーも命じられるまでもなく夢中で口に含み、指をたっぷりと唾液で濡らした。

「いい子だ」ヴィンセントが指をオリヴァーの口から抜いて言った。

誉め言葉にオリヴァーの胸が高鳴った。このひとことのためならなんだってする。実際にはひとつ年下の二十四歳であるヴィンセントに〝いい子〟と呼ばれることも、まるで気にならなかった。

いたずらな指がふたたび尻に戻された。ヴィンセントが秘部の入り口に少しだけ指を差し入れると、オリヴァーの口からあえぎ声が漏れた。みずからの唾液でたっぷりと濡れた二本の指は、いとも簡単にするりと体の中に入ってきた。

ヴィンセントにゆっくりと、そして優しく指で犯され、オリヴァーの全身を歓びが駆け抜けた。ひとり寝の夜、自分でするよりもはるかに張りつめた歓びだ。体がどうしようもなくヴィンセントを求めている。オリヴァーはせつなげな声をあげて体をのけぞらせた。

自身がはちきれんばかりに張りつめ、肌が信じられないほど敏感になっている。欲望に燃えた体が解放を求めて悲鳴をあげていた。

ヴィンセントが片方の手でオリヴァーの尻を押さえて指を奥深くへ侵入させ、体の中の敏感な部分に刺激を加えた。オリヴァーの頭の中で快感がはじけ、まぶたの裏で火花が散った。「ああっ！」

オリヴァーの尻をつかむ手に力がこもり、きつく締まる秘部のさらに奥に指が突き入れられた。オリヴァーはうめきながら歓びを求めて腰をうしろに突き出そうとしたが、ヴィンセントはそれを許さない。指が引かれ、体から完全に離れた。

「やめないで。お願いです、閣下」オリヴァーは懇願した。

ヴィンセントは満足げに笑い、オリヴァーの尻を叩いた。ふざけるような軽い殴打だったが、それでも鋭い感触がしばらく残るくらいの強さだ。彼はベストのボタンをはずしながら、オリヴァーの脇を通ってドレッサーに向かい、脱いだベストをたたんで鞭の隣に置いた。白いシャツの背中に黒いサスペンダーが交差している。吊りさげられたウールのズボンが、男らしい曲線を描く尻を包んでいた。

オリヴァーは不安に全身を震わせた。ヴィンセントは何を選ぶのだろう？　彼の手もとをのぞこうと身を乗り出すと、チェーンが音を立てて揺れた。

「動くな」

強い口調にオリヴァーの体が凍りついた。心臓が破裂しそうに激しく打ちつづける中、永遠とも思える時間が過ぎていった。

ヴィンセントが唇に笑みを浮かべて振り返った。手には黒の大理石でできた張形が握られ、その先端からオイルがしたたり落ちている。オリヴァーは目を見開いた。秘部にきゅっと力が入る。

自分で選べたとしても同じものを選んでいただろう。その張形はオリヴァーが自宅に隠し持っているものと似ていた。先端から中ごろにかけて太くなっていき、持ち手の部分がふたたび細くなっているものだ。ヴィンセントがうしろに回って尻をつかみ、秘部をあらわにした。期待が押し寄せ、オリヴァーの体が震えた。ゆっくりとなじませることもせず、ヴィンセントはいきなり張形をオリヴァーの内部に侵入させた。唐突に入り口を襲った圧迫感に驚き、オリヴァーは思わず声をあげた。最初の指での愛撫である程度の準備はできていたものの、張形は指とは比べものにならない太さだ。オリヴァーは目を閉じ、腰を前に動かして、焼けつくような秘部の痛みから逃れたい衝動と必死に闘った。

これ以上は耐えられない。〝やめて〟という言葉が口から出かかったとき、張形のいちばん太い部分がきつく収縮する秘部の入り口を通過し、根もとまでオリヴァーの中に入りこんだ。

ヴィンセントが持ち手を叩いた。秘部に振動が広がる。オリヴァーは歓びにうち震え、空気を求めてあえいだ。体を満たす圧迫感が信じられないほどの快感をもたらしている。張形があとほんの少し長ければ、いちばん敏感な部分に届くのに。

「もうひと息だな。だが、もうひとつやることが残っている」

もうひと息だって？　これ以上、何があるというのだろう。オリヴァーは目を見開いた。ヴィンセントが目の前に立って両手を伸ばし、オリヴァーの胸の先端を二本の指でつまんだ。そして徐々に力を加えていく。痛いはずなのに不思議と痛みは感じなかった。それどころか言い知れぬ快感が広がっていった。体がほてり、さらなる刺激を求めて勝手に胸を突き出している。先端からは透明な快感のしるしが流れ出し、はちきれんばかりに育った分身をつたって落ちていった。

ヴィンセントがさらに胸の先をつまんだ指に力を加えた。オリヴァーはなすすべもなく、こみあげる欲望に耐えかねて、ただうめき声をあげることしかできなかった。絶頂の予感が下腹部から背をつたっていく。あと一度、胸の先をひねりあげられたら間違いなく果ててしまうだろう。

「きみの体は痛みを快感に変えるすべを知っている。いいぞ」ヴィンセントがそう言って手を離した。

オリヴァーは下を向いたまま頭を左右に振った。「もっとお願いします、閣下」じんじんする胸の先端をヴィンセントにこぶしでなでられ、オリヴァーはたじろいだ。「ありがとうございます」あわてて礼を言い、縛られた体が許すかぎりヴィンセントに近づこうと身をよじる。

しかしヴィンセントはオリヴァーに背を向けた。シャツの袖を肘までめくってドレッサーに向かい、そして――。

オリヴァーは息を飲んだ。

ヴィンセントが軽く手首をひねると、長い革の鞭が身をのたくらせるヘビのようにしなってぴしりと床を打った。それでもオリヴァーの心に恐怖はなかった。恐れなどみじんも感じない。

オリヴァーに背を向けたまま、ヴィンセントは頭をさげた。幅広の肩に力がみなぎっている。「男が好きなのか、ジェイク?」

オリヴァーは答えをためらった。質問のせいではない。低い、冷酷にも聞こえる口調のせいだ。

ヴィンセントが振り向いた。唇に無情な笑みを浮かべ、目を細めている。彼はタイをつかんで首もとから引きはがした。「答えろ」

これもゲームの一部なのだろうか？　そうに違いない。その証拠に、ヴィンセントも欲情しているのが黒いズボン越しにはっきりと見て取れる。「はい、好きです」オリヴァーは正直に答えた。女性と夜をともにしたことも何度かある。しかし、正しいと思えたことは一度もなかった。柔らかな曲線を描く女性の体は、いつだって力強い男性の体への憧れを思い起こさせるだけだったのだ。

「俺が好きか？」

〝いいえ、愛しています〟「はい、閣下」

鞭の先が空気を切り裂き、オリヴァーは鋭い一撃を予想して身をこわばらせた。しかし鞭の先端はオリヴァーの体を打ちすえるのではなく、張りつめたままのものをかすめただけだった。痛みの代わりにもたらされた、思いもよらない性的な感触に体が震える。まるで性戯に長けた恋人の舌のようだ。

「俺が欲しいのか？」

「はい」どれだけヴィンセントを欲していることか。

「どこにだ？」またしても鞭がうなりをあげた。腰に巻きつき、こんどは先端がオリヴァーの尻を打った。「ここか？　ここに欲しいのか？」

「はい、そうです」オリヴァーの筋肉がひきつり、秘部に刺さったままの張形を締めつけた。これがヴィンセント自身だったらどれだけ幸せだろう。

ヴィンセントが確信に満ちた足取りで近づいてくる。「まだだめだ」

うしろに回りこんだヴィンセントを追いかけて、オリヴァーは首を回した。

「前を向くんだ」オリヴァーの肩にあたたかい息がかかった。「望んでいるものが欲しいなら、もっともっといい子にしていないとだめだ」ヴィンセントが深みのあるかすれた声でオリヴァーの耳にささやく。

「いい子にします。約束します、閣下」

背後でヴィンセントが動く気配がする。布がこすれる音がして、白いシャツがドレッサーに向かって投げられた。

「試してみよう」

鞭がオリヴァーの背中に振りおろされた。尻に、そして腿にと食いこんでいく。ヴィンセントが慣れた様子で何度も繰り返し鞭をふるい、鋭く、それでいて繊細な責苦のキスを繰り出す。そのキスのひとつひとつが火花を散らすような痛みをオリヴァーの体にもたらし、すぐにじんわりと焼けつくような至高の快感へと変わっていった。鞭で打たれるのがこれほど性的な行為だなどと、オリヴァーは考えたこともなかった。下腹部で張りつめていた欲望がさらにいきり立ち、先端がみずからの胴体に触れるまでになっている。切望のしるしがとめどなくあふれて肌を濡らした。絶頂の瀬戸際までのぼりつめて、オリヴァーはあえぎ、うめき、懇願した。荒い息と鞭が空気を切る音が耳の中でこだまする。

「何が欲しいのか言うんだ」ヴィンセントが要求した。しなる鞭がオリヴァーの腿に巻きつき、先端が敏感になったものに触れる。

オリヴァーは本能的にびくりと身をよじったが、鉄の棒に固定された脚を閉じることはできない。あられもない格好ですべてをさらけ出したまま、どうすることもできなかった。

「閣下です。あなたが……あなたが欲しいです」

「俺の、何が、欲しいんだ?」ヴィンセントはオリヴァーの尻を打ちすえ、ひとつひとつの言葉をはっきりと言った。

「閣下のあそこが欲しいです。い……入れてください。お願いします、閣下」オリヴァーはこみあげる欲望でどうにかなりそうな頭を必死で抑えて、なんとか言葉をつないだ。

鞭の音がやみ、甘美な責めが中断された。

「だめ! やめないでください」オリヴァーは身をよじらせて訴えた。チェーンが揺れて音を立てる。

上半身を露出し、素足になったヴィンセントが鞭を片方の手にオリヴァーの正面に立った。上半身が汗に濡れて光り輝いている。オリヴァーはその光景に魅せられ、口を閉じるのも忘れた。寄宿学校ではプライバシーなどないも同然だ。ヴィンセントが半裸になったところを見たことは何度もあった。その当時、ハンサムで引き締まった体をしていた少年は、さらにたくましく成長していた。

まるで中世の騎士のようだ。太く力強い二の腕に、筋張った前腕。胸の広さもため息が出るほどだ。ヴィンセントの上等な、どちらかといえば保守的な衣服の下にはがっしりとした体躯が包まれているのだろうとは思っていた。しかし、これほどまでに鍛えあげられた完璧な肉体が隠されていようとは……。

オリヴァーは思いきってわずかに顔をあげてみた。ヴィンセントはまた背が伸びたのだろうか？　かつてなく大きく見える。

ヴィンセントが視線をオリヴァーの顔から全身へと走らせた。

オリヴァーは我慢しきれず、またしてもチェーンを揺らした。「お願いです、閣下」

満足げな微笑みを唇に浮かべ、ヴィンセントが何も言わずに鞭を床に落とした。ドレッサーのところへ行き、ズボンをゆっくりとおろす。引き締まった尻があらわになると、オリヴァーの口の中に唾液があふれた。あのたくましい尻に顔をうずめ、中心を舌で愛撫したくてたまらない。ヴィンセントの奥深くに舌をすべりこませ、自制心を根こそぎ奪い去ってしまいたかった。

ヴィンセントはオイルの入ったガラスのボトルを手に取った。みずからの長く太く育った欲望のあかしにオイルをすりこみながら振り返る。暖炉の炎が爆ぜ、力強い裸体の輪郭を浮きあがらせた。

「準備はいいか？」ヴィンセントがきいた。返ってくる返事にわずかな疑問も抱いていない、傲慢な質問だ。

そして、オリヴァーの答えは決まっていた。「はい、お願いです。お願いします、閣下」

ヴィンセントがみずからの象徴を愛撫しながらすぐそばを通り過ぎてうしろへ回る。それを見ているだけで、すでにオリヴァーの全身を満たしていた欲望がさらに燃えさかった。ヴィンセントの美しい象徴がじきにこの体を貫くのだ。はじめて男性を相手にするわけではない。それどころか、こうした行為のときには相手を受け入れるほうがずっと好きだった。それでもヴィンセントほどの大きさを受け入れたことはいままでになかった。うまくいくだろうか？　しかし、いずれにしてもこのままでは耐えられそうにない。昂ぶる一方の欲望で頭がどうにかなってしまいそうだ。ヴィンセントが雄々しく育ったみずからの先端を親指ではじくのを見て、オリヴァーはうなり声をあげた。期待が高まり、張形を飲みこんだままの秘部が収縮を繰り返した。

ヴィンセントがオリヴァーの背後に立ち、体を満たしている張形の持ち手を軽く叩いた。感覚が信じられないほどに張りつめ、オリヴァーは身を震わせた。膝ががくがくと揺れる。ヴィンセントが四角の持ち手を握ったのがわかった。大きく息を吸いこみ、ゆっくりと吐き出す。力を抜き、筋肉を弛緩させてつぎの動きを待った。ヴィンセントが張形を抜きはじめると、張形の直径に合わせて徐々に秘部が押し広げられていく。圧迫感が頂点に達し、オリヴァーはせつない声をあげた。張形が完全に体から離れると狂おしいまでの寂しさが襲いかかってきた。

大理石の張形がごとりと床に落ちた。オリヴァーは泣き声にも似た声をあげ、つま先で立って腰を突き出した。ヴィンセントにすべてを捧げるために。「入れてください。お願いします」

力強い手がオリヴァーの尻をつかんだ。荒い息が肩にかかる。ヴィンセントがオリヴァーの背中を鋭くかんだ。なめらかな先端を入り口に押しあて、軽くつつくようにしてなおもオリヴァーをじらす。そしてヴィンセントはゆっくりと腰を前に動かした。ずっと絶頂の瀬戸際に立たされていたオリヴァーはもはや耐えられず、ついに精を爆ぜさせた。暴力的とも言える圧倒的な快感が全身を貫いていく。とめどなくあふれる精とともに口から出そうになる絶叫を、頬の内側をかんでこらえるのが精一杯だった。

ヴィンセントがなんの迷いもなく、真っ直ぐにオリヴァーの中を進んできた。押し広げられ、満たされて、オリヴァーの絶頂はさらに引き延ばされた。純粋な歓びにわれを忘れて声をあげる。ヴィンセントが円を描くように腰を動かし、オリヴァーのいちばん敏感な部分をなでた。強烈な快感が波のように寄せては返し、すでに張りつめた神経をさらに刺激する。腰をつかむ手に力がこめられ、徐々にヴィンセントの動きが激しくなっていった。何度も何度も、休みなく体の奥深くまで突き入れられ、オリヴァーはいままで想像したこともなかった快感の極みにのぼりつめて熱狂的な声をあげた。

「もっと」オリヴァーは息もたえだえに叫び、チェーンを揺らしながらヴィンセントを求めて腰を突き出した。両腕を頑健な体に巻きつけ、あの男らしく結ばれた唇にキスできたらどんなに素敵だろう。しかし、オリヴァーにできるのは奴隷としてヴィンセントに身を捧げることだけだ。慰みものとして体を提供しているだけなのだ。

ヴィンセントが発するみだらな言葉がオリヴァーの耳にこだました。「いいぞ。もっと欲しいと言え。もっとしてほしいんだろう？　言うんだ」

「欲しいです。してください、もっと強く。お願いします」

さらに強く突きあげられ、オリヴァーはまたしても果てた。すさまじい快感が容赦なく襲いかかってくる。泣きながらヴィンセントを求め、もっともっとと懇願する以外には何もできなかった。汗が背中を流れ落ち、肌が張りつめて極限まで敏感になっている。ヴィンセントに鞭で打たれたところが焼けつくように痛み、じんじんする。それでも、もっとしてほしいと心から思った。ヴィンセントに好きなようにしてほしい。体をもてあそび、むさぼってもらいたい。残る痛みが大きいほど、生涯忘れることはないであろうこの一夜が印象深いものになる。

ヴィンセントの動きが切迫感を増してきた。腰と尻がぶつかる音が部屋じゅうに響く。長い指がオリヴァーの肌に深く食いこんだ。どうしてそんなことが可能なのかもわからないが、ヴィンセントがさらに奥深くまで入ってきて咆哮をあげた。

オリヴァーも純粋な歓びに感覚をからめ取られて絶叫した。そのせつな、体の中でヴィンセントが痙攣して熱い精を放つのを感じた。

全身から力が抜けていき、オリヴァーはチェーンに身を預けた。がっくりと頭を落とすが、革の首輪が邪魔をして完全に下を向くことはできない。「もっと」オリヴァーは空気を求めてあえぎながらつぶやいた。ヴィンセントが体から出ていってしまうと、寂しさとせつなさに身が震えた。「だめです。だめ。やめないで」

腰に置かれた手が優しい手つきに変わった。傷ついた肌を癒やすようにゆっくりとさする。「いまはこれで充分だ」ヴィンセントが荒い息で言った。

素足が床板を踏むひたひたという音が聞こえる。ヴィンセントの指先がオリヴァーの足に触れ、固定されていた足首をほどいた。つぎに大きな手がそっと顎を持ちあげ、首輪をはずした。汗で濡れ、落ちかかったオリヴァーの髪を優しく梳いて耳にかける。

「ジェイク、俺のために目を開けてくれ」

オリヴァーは優しい命令に従おうとしたが、まぶたが重くてどうしても目を開けることができなかった。それどころか顔をあげることもできない。まだ脈は激しく打ちつづけていて、血が血管を流れる音が頭の中でごうごうと鳴り響いていた。彫りの深い整ったヴィンセントの顔を、どうにか見あげる。濃い茶色の眉が心配そうにゆがめられていた。唇は厳格に結ばれたままだ。オリヴァーの心にあたたかい感情が広がっていった。〝ぼくはヴィンセントを愛している〟

その思いをヴィンセントが知ることは金輪際ないと思うと、せつなさがこみあげた。

「ぼくの名前はジェイクじゃない」

「そんなことだろうと思っていたよ。きみの本当の名前は？」

どうして名前のことを口走ってしまったんだ？　オリヴァーは黙ったまま、ゆっくりと首を振った。

「まあいいさ」ヴィンセントは変わらぬ優しげな口調で言った。

ヴィンセントが手首を固定していた手錠をはずすと、オリヴァーはとうとう自分の体を支えていられなくなった。倒れかかったところを力強い二本の腕が救った。そのまま汗に濡れた胸に抱き寄せられる。

「もう大丈夫だ。ベッドで休もう」

足がふらついてつまずきそうになるオリヴァーをヴィンセントがベッドまで連れていってくれた。そのままベッドにうつぶせに寝かせられる。オリヴァーは枕に頬を預けた。ベッドがとても柔らかく感じられる。自分の部屋の冷たく硬いベッドとは大違いだ。ここが娼館であることをいまさらながらに思い知った。「行かないと」オリヴァーは身を起こそうとした。

マットレスが沈み、そして揺れた。優しいながらも力強い手が背中に置かれ、やすやすとオリヴァーをうつぶせに戻した。

「少しでいい。休むんだ」

ヴィンセントの深い声がオリヴァーを包みこみ、安らぎを与えた。少しだけ。自分にそう言い聞かせながら、疲れ果てたオリヴァーは眠りに引きこまれていった。

3

とくん、とくん。眠くてはっきりしない意識に力強い鼓動が鳴り響く。オリヴァーは目を閉じたまま、安らぎをもたらすその音が聞こえてくる方向に顔を向けた。あたたかくて引き締まった肌に唇が触れる。大きな手が尻にあてられているのが心地いい。骨までとろけてしまいそうなほど優しく、それでいてしっかりと捕らえて放さない、そんな手つきだ。このまま眠ってしまうことができれば楽なのに、ふたたび昂ぶりを取り戻した欲張りなものがすっかり目覚めてしまっている。あくびをしながら、自分を抱くたくましい体の上で伸びをした。とたんに全身の筋肉が悲鳴をあげ、オリヴァーは思わずうめいた。

「痛むのか?」

聞き慣れた深い知性的な声がする。まるで……。

動揺したオリヴァーは真っ直ぐに体を起こし、男らしい胸に置いた手に力をこめて膝立ちになった。

「落ち着くんだ。暴れたら危ない」

オリヴァーは仰天し、暗がりの中で声の主の顔を見つめた。ヴィンセントと一緒にベッドにいる。彼の大きな体の上に横たわり、恋人に甘えるように、それこそ盲目的な恋に身を焦がす愚か者のように、この身を投げ出していたのだ。そしてヴィンセントはそれを許した。

ヴィンセントが、彼のたくましい腿のあいだに膝をついているオリヴァーの脚を押した。

「落ち着いて」諭すように繰り返す。

危うくヴィンセントの急所を膝で蹴るところだった。羞恥に襲われ、オリヴァーは顔を赤らめた。「ごめん」もごもごと言いながら、ヴィンセントから離れてベッドの端に腰かけ、両手で頭をかいた。部屋はほぼ真っ暗だ。暖炉の炎は燃えつきる寸前で、ただの残り火となっていた。男の汗と性の匂いが濃厚に漂っている。

どうしてヴィンセントがまだここに？　自分が眠りに落ちたあとに帰っているはずなのに。ヴィンセントの上に身を預けた記憶などない。してはいけないことをしてしまったのだろうか？　あるいは言ってはいけないことを口走ってしまったか？　冷たい恐怖がオリヴァーの胸にこみあげた。「どうして起こしてくれなかったんだい？」

「体を休める必要があると思ったんだ」

「ぼくはどのくらい眠ってしまっていたんだろう？」

マットレスが揺れる。「そんなに長い時間じゃない」ヴィンセントの手がオリヴァーの尻に触れた。あまりに優しい手つきに体がびくりと反応した。「痛むか?」

「少し」オリヴァーは答えた。ヴィンセントの手が背中をゆっくりとさすり、敏感な素肌と痛む筋肉をなでた。さっきは行為のあいだもほとんどオリヴァーに触れようとしなかったのに、いまは長年の恋人のように触れてくる。ヴィンセントが見せる穏やかで親しげな一面に、オリヴァーは動揺した。ばかばかしいことではあるが、もっと触れてほしくて胸がどきどきする。

「どんなふうに? いい感じか? それともただ痛むだけ?」ヴィンセントがきいた。

彼の笑う声がオリヴァーの腹のあたりをくすぐった。体に残る鈍い痛みは鞭によるものだけではない。ヴィンセントを受け入れた圧迫感もありありと秘部に残っている。何日かは座るたびに彼を思い出すだろう。「いい感じだと思う」オリヴァーは微笑んでうなずいた。暗いので見られる心配もない。

ヴィンセントが近づいてくる。彼の体温が感じられた。暖炉の火よりもよほどあたたかい。きっと体に無駄な肉がなく、筋肉でできているからだ。欲望が目覚め、オリヴァーの身を震わせた。しわの寄ったシーツをきつく握りしめ、振り向いて唇をヴィンセントの唇に押しつけたい衝動をかろうじて抑えこむ。キスをしたくてたまらなかったが、オリヴァーは耐えなければならなかった。もし拒否されたら、不快な顔で身を引かれたら、心が粉々に砕け散ってしまうからだ。同性が相手なのだ。体を重ねるのと唇を重ねるのとは違う。

ヴィンセントは何も言わずにオリヴァーの背をさすりつづけた。オリヴァーの背後、腰に脚が触れるかどうかというところに膝をついている。やがてその手つきが変わり、それを感じ取ったオリヴァーの体に鳥肌が立った。力強い手がオリヴァーの胸に回され、そのまま喉もとから顎へとあがっていく。オリヴァーは抵抗もせず、ヴィンセントの手に導かれるままに首を回した。

引き締まった唇がオリヴァーの唇に重ねられた。驚きで一瞬、頭が真っ白になったが、すぐに力が抜けた。唇を開いて、なめらかなヴィンセントの舌を受け入れる。官能的なリズムでヴィンセントの舌がオリヴァーの口を犯した。激しい歓びに包まれて体がかっと熱くなり、自身がたちまち痛いほどに張りつめる。オリヴァーはヴィンセントの熱い口の中にせつなげな声を漏らした。ヴィンセントに腕を回し、壊れるほどきつく抱きしめたい。しかし、オリヴァーはシーツを握りしめてじっとしたまま、ゆっくりとしたキスを味わうのに専念した。

オリヴァーの下唇を軽くかんだあと、ヴィンセントは口を離してキスを終えた。

「髭を剃ったほうがいい」喉の奥をひっかいたようなかすれ声で、ヴィンセントが言った。

頭がくらくらしてうまく考えられない。オリヴァーはただうなずき、唇をなめてヴィンセントの味を確かめた。自分はまだ眠っているに違いない。ぜんぶ夢の中の出来事に決まっている。ヴィンセント・プレスコット卿に恋人のように口づけをされるなど、現実には起こるはずがないのだから。

ヴィンセントが片方の手を頭のうしろにやってベッドに横たわった。美しい裸体にどうしても目が引きつけられてしまう。オリヴァーは体をひねって自分も横になろうとした。

「ブランデーを持ってきてくれ。ドアの横のテーブルにデカンタがある」

ヴィンセントが様子を一変させ、不機嫌な、どこか退屈そうな声で言った。最初にこの部屋に入ってきたときの声に戻ってしまったようだ。オリヴァーは一瞬身をこわばらせ、あわててうなずいた。ものすごい速さで現実に引き戻されていく。ここは娼館で、自分は男娼のふりをしているのだ。いまのキスにも意味などないに違いない。

それどころか自分の存在すら、ヴィンセントにとってはなんの意味もないのだ。

オリヴァーは急いでベッドから出た。ふらつく足がきちんと動くまで数歩かかった。暗闇に目が慣れているのでドアの横にあるテーブルは見分けがつく。ブランデーをつぐ手が震え、ガラスのぶつかる音が響いた。ヴィンセントはこちらの正体を知らない。それどころか、どうでもいいとさえ思っている。オリヴァーは目を伏せてベッドに戻った。さっきまでの昂ぶりが嘘のように力を失い、萎えてしまわないように、それだけ言った。

「どうぞ、閣下」オリヴァーは声が震えてしまっていた。

ヴィンセントが肘をついて半身を起こす。グラスを受け取るときにヴィンセントの指がオリヴァーの指をさっとかすめた。腕に刺激が走り、オリヴァーは息を飲んだ。

うしろを向いてズボンを探す。ここから出ていかなくては。いますぐに。

ドレッサーだ。ヴィンセントに服を脱ぐよう命じられたとき、たしかドレッサーの近くにいたはずだ。ズボンはヴィンセントの脱ぎ捨てられた白いシャツの下にあった。ズボンを手に取ったせつな、ドレッサーの下で緑色の何かがきらりと光ったのが目に入った。オリヴァーは手を伸ばし、翡翠のピンをつかんで握りしめた。

「待て」

寝室から出る小さなドアまであと二歩というところで、オリヴァーは凍りついたように動きをとめた。心臓が胸の中で暴れている。こぶしをぎゅっと握ると、ピンが手のひらに食いこんだ。

ヴィンセントが起きあがり、ベッドの端に足をおろして座った。「上着を取ってくれ。金を払う」

とたんに胃がむかつき、オリヴァーは吐きそうになった。ごくりとつばを飲んでなんとかこらえる。「ドレッサーの上に置いてくだされば結構です」

「だが……」

オリヴァーはヴィンセントの言葉を最後まで聞くことなく、ドアをくぐってうしろ手で閉めた。ドアに寄りかかり、そのままずるずると床に崩れ落ちる。がっくりとうなだれて、手にしたズボンで顔を覆った。喉にこみあげる嗚咽を必死でこらえる。

こんどヴィンセントと会うとき、どんな顔をして会えばいいのだろう？　街で偶然出会ったら、気安い笑みを浮かべて〝調子はどうだい〟とでも問いかければいいのか？　そんなことができるはずがない。ヴィンセントはオリヴァーの胸に決して消えない刻印を残した。そして心を粉々に打ち砕いた。もう二度とヴィンセントと結ばれないと知りつつ生きていけるだろうか？　彼のいない人生に耐えることができるのだろうか？

無理だ。もう二度とヴィンセント以外の人間と体を重ねることはないだろう。今夜のことがあったあとでは、到底無理な話だ。ヴィンセントはオリヴァーの中の隠された一面を引き出した。魂まで裸にされて命令に従うように求められ、自分から進んで身を差し出した。やましくておぞましい行為だ。だが同時に、正しくて完璧な行為でもあった。そして心に中毒のような願望をもたらしている。ヴィンセントに男娼として扱われ、欲望のはけ口にすぎないと思い知ったあとでも、オリヴァーはヴィンセントの手を、関心を、称賛を切実に欲していた。

今夜ヴィンセントと体を重ねて、そのまま無傷で生きていけるなどと、どうして思っていたのだろう？　心が引き裂かれて息もまともにできない。最初に彼が欲しいと思ったのはいつだったかも思い出せない。幼いころからいつだってヴィンセントだけを見ていたのだ。いつしか友情だけでは足りなくなり、それ以上を望むようになった。その望みはついにかなった。でもこの先は？

オリヴァーは歯を食いしばり、押し寄せてくる絶望と必死に闘った。ズボンから顔をあげて頭をドアにもたせかけ、漆黒の闇の中で目をしばたたく。なんとか自分を保っておかなければ。どのみちこの小さな部屋にひと晩じゅういるわけにはいかないのだから。

オリヴァーの心は、進んではいけない方向へと流されていった。さらなる痛みが待ち構えるいばらの道だ。考えるのも愚かなことだ。それにもしヴィンセントが、ジェイクとオリヴァーが同一人物だと気づいたら……。

賭場のテーブルで大きな勝負に勝つには時間がかかる。なんのテクニックも必要としない、運だけで勝てる一発勝負に頼らざるを得ない。

社交クラブの〈ホワイツ〉での賭け事だ。

オリヴァーは無害で目立たない、人に気づかれないタイプの人間だ。人々も警戒せずに彼を無視して話す。だからこそ聞こえてくる内密の話もあった。もしかしたらそうした個性が、賭けでいくばくかの小銭を稼ぐのに役立つかもしれない。

隣の部屋から足音が聞こえた。ドアの下から光が漏れてくる。ヴィンセントがろうそくに火をつけたのだ。服を着るのだろう。じきになくなったものにも気づくに違いない。

オリヴァーは立ちあがり、ズボンをはいてポケットに翡翠のピンをねじこんだ。小さなテーブルの上に山をつくっている服をつかむと、眼鏡がことりと音を立てて床に落ちた。オリヴァーは、はっと顔をあげてドアを見た。なんの音かとヴィンセントがこちらの様子を見にくるかもしれない。脈が速くなり、血が暴れるように血管を走っていく。急いでシャツとベストを着て上着をはおり、タイをポケットに突っこんだ。ブーツをはいて眼鏡をかける。部屋を出るとき、オリヴァーの頭にあった思いはひとつだけだった。

毎月、最初の木曜にヴィンセントはここにやってくる。そして、来月ヴィンセントの相手を務めるのは自分でなければならない。


「ウイスキーのおかわりはいかがですか、ヴィンセント卿？」

ヴィンセントは新聞から顔をあげ、そばに立つ召使を見あげた。〝俺はゆうべ、男とキスをした〟「ああ、急いでくれ」

召使はうなずいてその場を離れ、他の客のところを回っていった。

ヴィンセントは意識を新聞に戻した。とはいえ、どこを読んでいたのかも思い出せない。自分がいやになって首を振った。グラスに手を伸ばし、空になっていることに気づく。召使は何をしているんだ?

男たちの低い話し声やグラスがぶつかり合う音、読んでいる新聞をめくる音が聞こえてくる。男性社会の天国の音だ。気を紛らわせるために〈ホワイツ〉に来たというのに、入り口をくぐったとたんに人目が気になり、座り心地のいい革張りの椅子に腰をおろす一団を避けてひとりでテーブルに着いている。

〝俺は男とキスをした〟

〝そうとも、男とキスをしたんだ〟

ヴィンセントは歯ぎしりをした。それだけではない。もっと悪いのは、けさ無意識のうちに書斎でカレンダーを確認し、四月が三十日しかないのにほっとしたことだ。それに気づいてからすぐに自宅をあとにして、〈ホワイツ〉にやってきた。

なんだって男性にキスなどしてしまったのだろう? そんなことをしたいと思ったことは一度たりともなかったというのに。いままでは相手の男が懇願するものを与えてやっただけだった。だが、キスをしてくれとジェイクが頼んだわけではない。それなのに、気がつけば自分の唇をジェイクの豊かな唇に押しつけていた。あたたかく積極的な口に舌をこじ入れ……キスをした。

しかも最悪なことに、ヴィンセントはそのキスを楽しんでいた。天にものぼる気持ちで。それだけではない。あのときは正しいことをしているという確信があった。ジェイクにキスをするのが自然なことに思えたのだ。

ヴィンセントは体をこわばらせ、背すじをぴんと伸ばした。目の端であわてて周囲を見回す。疑う者はいるだろうか？　気配でわかってしまうものなのか？　額に烙印を押され、みんなに見られているような気がしてくる。ヴィンセントの視線は、ひとりの老紳士のところでとまった。きちんと刈りこまれた銀色の髪をして暖炉のそばに座り、祝福された正式な嫡子であるヴィンセントの兄と話をしている。人に知られたセー・アンド・シール侯爵は、ヴィンセントのことなどまるで気にかけてはいない。だが次男が男性と関係を持ったなどと知れば……たとえわずかでも父親から敬意を受けたいというヴィンセントの願いは、たちまち消し飛んでしまうだろう。永遠に。

顔をしかめ、ヴィンセントは視線を新聞に戻した。そして必死で自分を正当化しようと試みた。自分は多くの女性と浮き名を流しているし、男性と関係を持っても体を許したことなどない。だが、それがなんだというのだ？　同性愛は絞首刑の対象だが、それを別にしても、ロンドンの社交界は基準からはずれるものを絶対に許さない。たとえわずかでも基準から逸脱する者に対しては、容赦なくいやな顔をする。男とキスをしたがる男以上の逸脱者などいるだろうか。

それもこれもマダムのせいだ。あの女主人がジェイクを、なんの疑問も抱かずにこちらを信用して身を任せたあのジェイクを拾ってこなければ、こんなことにはならなかった。あれほど切望に満ちた視線を投げかけられたことはいままでになかった。まるで息をするにも愛撫を必要とするかのように、ジェイクはせっぱつまった目でこちらを見つめていた。あれは絶対に演技ではない。ただ客を満足させようというだけではなかった。反応も懇願も、豊かな唇のあいだから漏れるせつなげな声も、すべて本物だった。

ヴィンセントはいらだってうめき、椅子の中で身をよじった。なんということだ。〈ホワイツ〉に来てまでジェイクに欲望を感じているとは。別のことを考えなくては。いったいどうしてしまったんだ？　これほど自分を制御できなくなったことはかつてない。こうした欲望は自分の中にしっかりとしまいこみ、決まったときに予定どおりに発散するまで忘れていることができていたというのに。決まった日時に、すべての行為を計算ずくで行うことで、自分を保っていたのだ。

それが、ゆうべはいつもと違ってしまった。ヴィンセントは新聞をにらみつけながらぺージをめくった。あの寝室に入った瞬間からだ。どういう形で終わったかは関係ない。だいいち、いつもより少しばかり長く残ったからといってどうだというのだ？　あれはジェイクにとってはじめての仕事だった。最初の落ち着かない、不安げな様子から見ても間違いない。疲れきったジェイクをあのまま床の上に放置しておくなど、それこそ人間のすることではなかった。人として当たり前の感情から残っただけだ。ジェイクのなめらかで引き締まった体の感触を味わいたかったからではない。それでも、ジェイクが眠っているときの安心しきった寝息に心を動かされたのは事実だ。守ってやりたいという感情がこみあげ、無事を確かめるまでは離れられないという気分にさせられた。

そのうえ、大切にしていた翡翠のピンまでなくしてしまった。タイをはずしたときにどこかに落としてしまったのだ。帰りはキスの動揺から逃れたくて、ただ娼館から出たい一心だったから、探すところまで気が回らなかった。祖父の唯一の形見は永遠に帰ってこないだろう。召使か誰かが掃除のときにでも拾って、ジンを買う金に換えてしまったはずだ。いまいましいとしか言いようがない。

テーブルに肘をついて、こめかみに指をあてた。まったく、よくなる一方じゃないか。こんどは頭痛ときた。さっきの召使は何をしているんだ？　ヴィンセントは顔をあげた。ちょうどオリヴァー・マースデン卿が下を向いて背中を丸め、テーブルのほうに歩いてくるところだった。いつもと同じしわの寄った上着に、いつもと同じうまく結べていないタイ。変わらぬ古くからの友人の姿が、ヴィンセントの頭痛を癒やした。

「マースデン」ヴィンセントは友人を呼んだ。

オリヴァーが足をとめ、びくりと顔をあげた。「やあ……プレスコット。ごきげんよう」

「一杯付き合わないか？」そのときウイスキーがテーブルに置かれ、ヴィンセントはそばに立つ召使をにらみつけた。「マースデン卿にも同じものを。こんどは急いでな」視線をオリヴァーに戻し、向かいの椅子を指し示す。「まあ座れよ」

わずかにためらってからオリヴァーが腰をおろした。唇をかんで、思いつめたような表情をしている。

「何か用事の途中だったのか？」

「いいや、違うよ。ぼくはただ……」オリヴァーが肩をすくめた。「賭けのオッズを見にいこうとしていたんだ」

「最近、ずいぶん派手に賭けているらしいな。先月は大きな勝負に勝ったと聞いたぞ。たいしたものだ。だが気をつけたほうがいい。賭け事は癖になる」

「よくわかっているよ」オリヴァーがわずかに曲がった眼鏡の奥から訴えるような目をして言った。

ヴィンセントは危うく狼狽しそうになった。「すまない。きみが父上に似ていると言いたいわけじゃないんだ」

オリヴァーはため息をついた。「でもきみの言うとおりだよ。ぼくだって貧しいギャンブル中毒なんかにはなりたくない。父にはまだ爵位があるから救いがあるけれど、ぼくにはそれもないからね」頭を振って濃い茶色の髪をかきあげる。その髪は最近切ったかに見えるが、まるでナイフで切ったようないいかげんさだ。

「その髪は自分で切ったのか？」ヴィンセントはあきれてきいた。しばらく伸ばしていたと思ったらこんどは切りすぎだ。自分でなど、うまくできるはずがないのに。

「髪……？　ああ、そうだよ」

ヴィンセントは目を回した。「マースデン、この世にはそいつをやるために訓練を受けた者がいるんだぞ。従者だ。上着にプレスをかけるのもタイを結ぶのも彼らの仕事なんだ」

オリヴァーが顔をしかめ、憤慨して頬を紅潮させた。ふっくらした唇をきゅっと結んで、むくれたような表情をつくる。「うちには従者はいないんだ、プレスコット」

「俺のところにいる。うちに寄ってやらせればいい」

「ありがとう。でも自分でできるよ」オリヴァーは落ちかかった髪を耳にかけ、召使が持ってきたウイスキーをテーブルに置かれるのも待たずに、ひったくるようにして取った。

半分ほどグラスを空けると、オリヴァーはいつもの様子に戻って椅子に体を預けた。昔から知っている親しく気安い友人だ。ヴィンセントの知り合いの中には、オリヴァーとの付き合いに眉をひそめる者もいる。しかし父親が評判の悪い人物であろうが、金銭的に恵まれていなかろうが、そんなことはヴィンセントには関係なかった。オリヴァー・マースデン卿は友人なのだ。ともに酒を酌み交わすことのない時期が何週間、何カ月と続いても、会えばたちまち時間の空白など忘れてしまう。そんな相手はオリヴァーだけだった。

「郊外はどうだった?」オリヴァーがきいた。

「上々だな」充実した気分がこみあげて、ヴィンセントは笑顔になった。「ロザラムの土地はこの先何年も利益をもたらしてくれそうだ」

「父上がついにきみに譲ったのか?」

「いや、去年の秋に買った」ずっと望んでいた土地だったのだ。華々しいセー・アンド・シール侯爵領にあって荒れ地のように扱われていたが、ヴィンセントはそこに眠る可能性を信じつづけてきた。「石炭の鉱脈を見つけたんだ。掘っているうちにもうひとつ、もっと大きな鉱脈も出てきた」

「よくやった、プレスコット。父上もきっと感心しているはずだ」

オリヴァーの称賛で、一瞬あたたまった心がたちまち冷えた。「父には言っていない」

「どうして？」

ヴィンセントは自嘲するように鼻で笑った。

「言うべきだよ。すぐそこにいるじゃないか」オリヴァーは暖炉のそばの一団を示した。

「父は俺がここに来たことにも気づいていないよ」セー・アンド・シール侯爵に悪意はない。跡を継ぐ大事な長男に気を取られるあまり、もうひとり息子がいることを忘れているだけなのだ。

「それなら気づかせてやればいいじゃないか」

「他に話すこともないしな。父のところに押しかけて、一方的に自分のことだけ話して立ち去るなんてできないよ。無礼だ」

オリヴァーはもうひと口ウイスキーを飲み、少しのあいだ黙ってヴィンセントを見つめていた。「父上はきみが土地を買ったと知っているのかい？」

「さあな。細かいところは弁護士に任せてある。でも侯爵閣下のことだ。銀行の書類にサインしてあるヴィンセント・プレスコット卿という名前が自分の次男と同じ名だとは気づきもしないだろうよ」

「父上だって知っているはずだ」オリヴァーは憤懣やるかたないといった様子でささやい

た。ヴィンセントの父親と兄に目をやり、眉間にしわを寄せてヴィンセントに視線を戻す。

「きみの兄上は、きみの足もとにも及ばない男だってね」

真っ直ぐに見つめてくるオリヴァーの茶色の瞳から目をそらし、ヴィンセントは震える息をついて目を閉じた。ふたりが親友でいる理由がこれなのだ。オリヴァーは何も聞かなくとも理解している。兄の陰となって捨て置かれ、ないがしろにされ、無視されるのがどういうことか、この友人はわかっている。ヴィンセントは父に認められたい一心で懸命に生きてきた。そしてそんなヴィンセントに〝よくやった、プレスコット〟と言ってくれるのはオリヴァーただひとりだった。

グラスを取ってウイスキーを飲みほす。こくのあるウイスキーが締めつけられた喉をほぐしてくれた。われながら情けない。惨めなものだ。しかし、ヴィンセントは知っていた。オリヴァーはなんの代償も求めずに自分を支えてくれる。昔から、いつだってそうだった。自分を理解し、必要なときはいつもそばにいてくれるのだ。

「すぐロザラムに戻るのかい？」オリヴァーが眼鏡のふちに指を走らせながらきいた。

「来月に戻る。レディー・カラートンの舞踏会が来週の金曜にあるから、それには出ないと。おばの七十五歳の誕生日に駆けつけないわけにはいかないし、戻る前にロンドンで片づけなければいけない用事もある」五月の最初の木曜日もそのひとつだ。まだ娼館に残っているならジェイクと再会できるだろう。不安がヴィンセントの胸をよぎった。娼館に長く勤める男娼は稀なのだ。あそこのマダムは金に困ったハンサムな若者を見つけてくるのには定評がある。ジェイクもそうした若者のひとりなのだろうか？　娼館に行って確かめたほうが……。

頭の中で〝よせ！〟という声が響いた。

ジェイクのことを頭から追い出し、オリヴァーに意識を戻す。「レディー・カラートンの舞踏会には来るんだろう？」

オリヴァーが体を動かし、椅子の中で縮こまった。上着をつくった仕立て屋はもう潰れているに違いない。まるで体に合っていない上着がずりあがって、オリヴァーの肩をいつもより大きく、いかつく見せている。「行かないよ」

「まさかレディー・カラートンが怖いわけじゃないだろうな？　口は悪いが無害な年寄りだ。きみの祖母より怖いはずがない。それはそうと、あの婆さんの調子はどうなんだ？あいかわらずシェークスピアを読んで聞かせているのか？」五年前、オリヴァーの母方のイタリア人である祖母が馬車の事故にあって寝たきりになって以来、彼が足繁く通いつめてまめに世話を焼いているのをヴィンセントは知っていた。呼ばれれば駆けつけて用事をこなし、本を読み聞かせる。オリヴァーが言うには、祖母は性格が頑固すぎて家族の誰ともうまくいっていないらしい。年老いた召使ふたりに任せておくわけにはいかないというのだ。ヴィンセントも数年前に一度だけ会ったことがあるが、あのつむじ曲がりの老婆に口をきく相手がいない理由を思い知っただけだった。それを考えれば、オリヴァーはとんでもなく寛大な心の持ち主だ。

「あの状況にしてはよく持ちこたえていると思うよ。ぼくも週に何度かは行っている。あいかわらずわがままで厳しいけどね。ぼくしか訪ねる人はいないし、シェークスピアを読んで聞かせているよ」オリヴァーが顎を引いて下を向き、おずおずと髪をかきあげた。「舞踏会の招待状をもらっていないんだ」言いづらそうにぼそりとつぶやく。

ヴィンセントは歯を食いしばった。お高くとまった気取り屋の年寄りめ。あとで怒鳴りこんでやるしかない。「すまない、マースデン。きっと何かの手違いだ」

「きみが怒ることはないよ。無視されるのは慣れてるんだ。本当に気にしないでくれ。だいいちぼくは舞踏会に興味もないし」

「招待状を手配するよ。来てくれるな？」

オリヴァーはためらってから答えた。「きみが望むならそうするよ」

「望むとも。それじゃこれで失礼する。午後は用事があるんだ」ジェイクのことは頭から消え、代わりにおばに対する怒りがうずまいた。親友に対してなんという仕打ちをしてくれたんだ。あのしわの寄った手からもぎ取ってでも、招待状を手に入れなければならない。オリヴァーが受けた屈辱を晴らせるのなら、それくらいはしてみせる。

　ヴィンセントは立ちあがり、オリヴァーに軽く頭をさげて〈ホワイツ〉をあとにした。暖炉の脇に座る父親には目もくれずに。

4

オリヴァーはベッドの上を転がり、すぐ脇にあるテーブルのいちばん上の引き出しを開けた。朝の陽射しがすりきれた茶色いベルベットのカーテンの隙間から差しこみ、充分な明るさをもたらしている。だが明るさなど必要ない。指先で引き出しの中のものをなぞり、血管を模した筋が走っている黒い大理石の張形を探しあてた。

張形をテーブルの上の、ゆうべしまわなかったオイルのボトルの隣に置く。オリヴァーはブランケットを脇に押しやってあお向けに転がった。暖炉の火は夜のあいだに燃えつきていたが、四月の朝の冷たい空気もすでにほてった体を冷ますことはない。手のひらをなめ、硬直した自身に持っていく。この一週間というもの、毎日こうして一日がはじまり、そして終わっていった。〈ホワイツ〉でヴィンセントと最後に会った日からだ。おまけにゆうべは、ヴィンセントの夢を見た。あんな夢のあとで何事もなかったように一日をはじめるなど、どだい無理に決まっている。

ゆうべの夢は鮮明に頭に残っていた。あまりに現実的で、数分前に目を覚ましたときには、ベッドでひとり横たわり、そばにヴィンセントがいないことに驚いたくらいだった。

オリヴァーは目を閉じ、記憶を探りながらみずからのものをまさぐった。夢の記憶が断片的につぎつぎと浮かび、どこからはじめたものか決めかねる。

娼館。きちんと整理された男性的な寝室。ヴィンセントが服を着たまま大きなベッドの脇に立ち、がっしりとした胸の前で腕を組んで裸のオリヴァーを見つめている。

〝命令に従うのは得意か？〟深みのある知性的なヴィンセントの声がオリヴァーの頭の中に響いた。

「はい、閣下」オリヴァーは答えた。

〝そんなところを触っていいとは誰も言っていないぞ〟

自身からぱっと手を離して体の脇に置く。いきり立ったものが寂しげに置き去りにされ、オリヴァーは息を荒らげた。ヴィンセントと過ごした一夜のせいで、オリヴァーは期待が研ぎ澄まされていく感覚のとりこになってしまっていた。ひたすら待ち、相手に身をゆだね、相手のペースを強制される。そこには、かつて知らなかった興奮が隠されていた。

〝いい子だ〟すぐにその声に厳しさが加わった。〝俺が欲しいか？〟

「はい」

〝何が欲しいんだ？〟

「閣下です。閣下が欲しいです。お願いします」

〝ご褒美が欲しいのなら、もっといい子にしないとな。まず、俺がどれだけ欲しいのか見せるんだ。自分でしてみろ、オリヴァー〟

手を動かし、オリヴァーはみずからのものを愛撫しはじめた。強く握りしめていつものペースで手を動かす。あふれる欲情のしるしを指ですくい、先端にすりつけた。

もう片方の手を腹にやって震える筋肉をさすり、ときおり胸の先端を強くひねりあげる。たちまち快楽の迷宮に入りこみ、首がのけぞって唇が開いた。腰を浮かせ、手の動きに合わせて上下させる。徐々に動きが速まって、快感がせつなくこみあげてきた。腿がぶるぶると震え出し、全身の筋肉がこわばる。絶頂の予感が背をつたって下腹部に達しようとしたそのとき、ふたたび声が響いた。

〝そこまでだ〟

オリヴァーは歯ぎしりをしてその命令に従った。痛みにも似た感覚に襲われる。ただしそこには、張りつめた歓びがともなっていた。断崖に立って奈落の底をのぞきこむように、かろうじて自分を保つ。自身が我慢しきれずにずきずきと欲望を訴えていた。胸の鼓動も速まってそれに同調し、全身に渇望がこみあげる。オリヴァーは唇をかみ、自身に伸びようとする手を抑えてじっと横たわりつづけた。あと一度触れれば自分を解放できるのに。

〝俺を受け入れたいのか？〟

「はい。お願いです、閣下」オリヴァーの口からせっぱつまった懇願が漏れた。

〝それなら準備をするんだ〟

オリヴァーはテーブルにあるガラスのボトルを取り、手のひらにオイルを落とした。脚を広げ、膝を曲げてヴィンセントを受け入れる姿勢を取り、手を腿から秘部へと落としていった。指先で秘部をまさぐり、指を二本すべりこませる。指を動かしてみずからを押し広げ、ほぐす。絶頂の予感があいかわらず全身を襲いつづけ、オリヴァーは動きを速めた。

張形をつかみ、握りしめた指先が届かない太さの黒い胴体部にオイルをすりつけていく。引き出しにはいくつか張形が入っているが、これはいちばんヴィンセントに近い大きさのものだった。先端の大きさはやや足りないし長さも少しだけ短いが、太さはほぼ同じだ。

秘部がうずき、あの素晴らしい最初のひと突きを受け入れる準備が整った。オリヴァーは張形を持ち、目を閉じてそのときを待った。期待が高まって神経が張りつめ、汗が眉をつたう。いきり立ったものからも欲望がしるしとなってとめどなくあふれ、素肌を濡らした。精の源が解放を求め、いまにも体の中に入りこんでしまいそうなほどにきつく収縮している。

〝いい子だ、オリヴァー〟官能的で罪深いヴィンセントの低い声が響く。〝俺が欲しいのか？　言うんだ〟

「はい、欲しいです。ヴィンセント、お願い」オリヴァーは喉を震わせて言った。

張形を秘部にあてがい、ヴィンセントがしたようにひと息に奥まで突き入れる。迷いも戸惑いもない、確信的で屈服を強いるひと突きだ。

オリヴァーはせつなげに顔をゆがめ、口を開いて歓喜の声をあげた。呼吸を求めてあえぎ、空いた手でブランケットをきつく握りしめる。圧迫感になじもうと筋肉が反応し、全身にほてりが広がっていく。さらに張形を奥へと侵入させ、根もとまで突き立てた。持ち手の部分を秘部にきつく押しつけるが、ヴィンセントが達したところにはわずかに届かない。ヴィンセントだけが届くその数センチを切望して、オリヴァーの胸に寂しさがこみあげた。

手をブランケットから離し、胸へと持っていく。オリヴァーは胸の先端をつまんで強くひねりあげた。痛みが鋭さをともなった快感となって胸のあたりに広がる。つぎにその手を自身に移し、体をのけぞらして刺激を加えていった。張形を握る手と同調させてみずからをこすりあげる。張形に浮かぶ筋が秘部を刺激した。あの夜、ヴィンセントの血管がそうしたように。全身が愛撫を求めて悲鳴をあげている。胸の先端が硬くとがり、欲望をかき立てる甘い痛みを思い起こさせた。手が二本しかないのが恨めしい。

〝お願いしてみろ。俺が欲しいんだろう？　どうなんだ？〟

ヴィンセントのたくましい胸が押しつけられるのを感じられそうな気がする。あの重みと熱、そして耳にささやきかけるときの吐息がありありとよみがえってきた。オリヴァーはヴィンセントの唇を求めて頭を動かした。引き締まった唇にキスをしたくてたまらない。

「欲しいです。ヴィンセント、お願い。もっと激しく」オリヴァーはわれを忘れて懇願した。

もしヴィンセントが、膝を胸まであげ、張形を秘部に突き立てているこの光景を目の当たりにしたら……。

絶頂がオリヴァーを包みこんだ。

「ヴィンセント」オリヴァーは声をあげて首をそらし、ベッドから腰を浮かせて、胸めがけて精を爆ぜさせた。

まともに息ができるようになるまでしばらくかかった。頭を振って意識をはっきりとさせ、ゆっくりと張形を抜く。先端が体を離れる瞬間に刺激が広がり、オリヴァーは身を震わせた。

なんとか脚をベッドの脇におろし、ゆうべ脱ぎ捨てたままの肌着を手に取る。手についたオイルを拭い、張形を包んで床に落とした。張形をきれいにするのはあとでいい。まず自分の身を清めなければ。

オリヴァーはベッド脇のテーブルに手を突いて立ちあがり、ふと動きをとめた。朝の陽射しがテーブルを横切り、ヴィンセントの翡翠のピンを光らせていた。

〈ホワイツ〉での賭けは無駄に終わった。先週ヴィンセントとウイスキーを酌み交わしてからは、ふたたび〈ホワイツ〉に足を踏み入れる勇気すら失ってしまっていた。あのときもこのピンをベストのポケットに忍ばせていたのだ。痛む胸のちょうど真上の位置に。ジェイクの正体が自分だとわかってしまうのではないかと気が気ではなかったが、ヴィンセントは気づかなかった。その場では安堵したが、夢ではない、現実のヴィンセントに抱かれるのに必要な金を手に入れるために賭けをするということは……。

ひと月の孤独に耐えるということだ。ひと月ものあいだ、ヴィンセントを避けつづけなければならない。

鋭い痛みに胸を引き裂かれ、オリヴァーはうなり声をあげて胸に手をやった。

しかし今夜は、ヴィンセントを避けるわけにいかない。いつものように、ヴィンセントの言葉に偽りはなかった。先日、舞踏会への招待状がレディー・カラートンの従者の手によって届けられたのだ。

オリヴァーはろうそくの横の銀の皿に置いたピンを手のひらにのせ、うやうやしげに指先でそっと翡翠に触れた。

〝ヴィンセント卿は聡明な方よ〟マダムの確信に満ちた声が頭にこだまする。他の誰にも気づかれることはないだろう。でも、ヴィンセントはいずれ気づく。

オリヴァーはこみあげるものをこらえてピンを皿に戻し、洗面台に向かった。欠けた洗面器に水をそそいでタオルを濡らしてしぼり、胸と尻を拭って身を清める。タオルを床に投げ、水を叩きつけるようにして顔を洗った。水がしたたる顎を新しいタオルでふき、鏡に映る自分の顔を眺める。濃い茶色の髪がぼさぼさに逆立っていた。短くはないが長くもない中途半端な長さだ。結ぶほどの長さはない。今夜はきちんとしていかなければ。ヴィンセントにいやな顔をされる理由は少ないほうがいい。

ヴィンセントの従者に頼むつもりはなかった。ヴィンセントの家の玄関を訪ね、先週の申し出は本気だったのかと問うなどできるわけがない。

オリヴァーは鏡をじっくりとのぞきこんだ。自分でなんとかするしかない。


「すぐ戻る」ヴィンセントは御者に声をかけながら馬車を降りた。石の階段をのぼって真っ赤な扉をくぐり、帽子と手袋を取ろうとした召使を無視して玄関ホールを進んだ。

黒いイブニングコートの裾を引いて真っ直ぐにし、娼館の上品な応接室に入って立ちどまる。ヴィンセントの視線は他の客たちを通り過ぎ、小柄な金髪の女性のところでとまった。彼女はブルネットの髪の女性と一緒に若い紳士にしなだれかかり、色白の手を紳士の紺色の上着に走らせて、ボタンをもてあそびつつ胸をさすっていた。ひとりではなくふたり同時に相手をするよう誘っているのだろう。若い紳士が紅潮した顔に笑みを浮かべている。どうやら女性たちの誘いは成功しているようだ。

ヴィンセントは部屋を横切っていくと、金髪の女性の肩を叩いた。客と娼婦を引き離すのは、おそらく暗黙の規則を破る行為なのだろうが、そんなことはどうでもよかった。早めに舞踏会に顔を出し、たいして好意も持っていない従妹の最初のダンスの相手をするように仰せつかったのだ。あと三十分後には向こうに到着していなければならない。オリヴァーのための招待状は高くついたものだ。

「ホリー」肩を叩いても無視されたので、ヴィンセントは名前を呼んだ。

ホリーが振り返った。にらみつけるような表情が、ヴィンセントを見て歓迎の笑顔に変わった。「あら、ヴィンセント卿。来てくれて嬉しいですわ。ちょっと驚いたけど、でもやっぱり嬉しい」

彼女は若い紳士の耳に何かをささやきかけ、ヴィンセントの手を取った。二階に案内するあいだもいつもと同じように余計なことは何も言わず、今夜の趣向を尋ねることもない。ヴィンセントの前を歩くホリーの腰がなまめかしく左右に揺れ、一歩ごとに紫のシルクのスカートが流れるようになびいた。小柄で官能的な肉体は女性そのものだ。ホリーはこの娼館でも人気の娼婦で、ヴィンセントもその人気に目をつけていまのような形を取ることにしたのだった。ホリーのような女性と階段をのぼってドアの向こうへ消えていけば、そのあとのことに疑問を持つ者などいない。

ホリーが廊下の中ほどのドアを開けた。ヴィンセントは無人の寝室に入り、飲み物の勧めを断った。

「今日はなんの準備もしていないんです、閣下」ホリーは体の前で手を組み、優雅なホステスを気取った。「少しここでお待ちいただけますか？　すぐに部屋を用意させます」

「必要ないよ。ここでいい。ジェイクを呼んでくれ」

眉をひそめ、ホリーが首をかしげた。「ジェイクですか？」

「そうだ、この前……」〝寝た男だ〟とは言えない。「会った若者だ」

ホリーが納得したような顔をした。「ああ……」噴き出すのを抑えるように唇を結び、琥珀色の目をきらきらと光らせている。

ジェイクを指名したのがなぜおかしいんだ？　気まずさに心を揺さ振られ、ヴィンセントは警告をこめてホリーをにらみつけた。

ホリーは素早く回れ右をしてドアノブをつかんだ。「かしこまりました、ヴィンセント卿」そう言い残して部屋をあとにする。彼女の声は震えていた。まるでこみあげる笑いを押し殺すかのように。

ヴィンセントは歯ぎしりをして短くうなった。白い手袋をはずして黒い帽子の中に押しこみ、ドレッサーの上に置く。そしてポケットから時計を出して時間を確かめた。ホリーは何をもたもたしているんだ？　いつもの部屋に案内されたのであれば、この時間を使って翡翠のピンを探すこともできるが、ここではそうもいかない。代わりに案内された赤くけばけばしいこの寝室は、さっきまで他の客に使われていたようだ。安っぽい香水の匂いに女性の性的な匂いがかすかにまじっている。

上出来だ。おばの家に行くのに娼館の匂いをぷんぷんさせていくわけだ。さすがに面と向かって指摘するような無礼な輩はいないだろうが、途中でいかがわしい場所に寄ってきたことはすぐにわかってしまうだろう。

それでも、その想像のほうが真実を知られるよりもはるかにましかもしれない。不安が胃をむしばみ、ヴィンセントはいても立ってもいられなくなった。ジェイクと何分か話し、この不安をやわらげたいだけだ。いくつか質問をして答えが得られればいい。それでここから出ていこう。そもそも日取りまで決め、すべてのお膳立てを調えてここへやってくるのは、本能のままに行動してしまうのを抑えるためなのだ。月はじめの木曜日はまだ先だ。

それまでは、どれだけ苦しくとも欲望を押しとどめておかなくてはならない。

磨きこまれた床板の上を歩き回る足音が部屋の中に響いた。この一週間というもの、心配でたまらなかった。ジェイクが娼館で働くようになったいきさつが気になり、その心配がつぎからつぎへとさまざまな心配を生んで頭がいっぱいになってしまう。夜は明け方まで眠れず、昼は昼で仕事にも集中できないありさまだ。ジェイクはヴィンセントの趣向を完璧に受け入れてくれたが、慣れていないのは明らかだった。そして、ヴィンセントの趣向はこの手の場所で許されている限界に比べれば、ずっと穏やかなものなのだ。ジェイクが金を必要としているのなら、快楽ではすまないほどの要求を受け入れざるを得ないのではないだろうか？　客を断る権利は与えられているのだろうか？　肌が裂けないように鞭をふるうにはそれなりの技術が必要だ。ジェイクが間違った相手を信用してしまったらどうなる？　どこかのろくでなしが彼を縛りあげて虐待したら？　ヴィンセントは足をとめた。ジェイクが流血して痛みにあえぎ、床にうち捨てられているところが頭に浮かび、凍りつくような不安が心に忍びこんできた。娼館に見限られ、壊れた玩具のように捨てられたら、誰がジェイクの面倒を見るというんだ？　もし……。

ドアノブがかちりと鳴り、ヴィンセントははじけるように振り返った。

ズボンだけを身につけた男が寝室のドアを閉めた。うぬぼれた、自信たっぷりの態度でヴィンセントに歩み寄ってくる。「こんばんは、ヴィンセント卿」キャメロンは唇を曲げて気取った笑みを浮かべた。ぴったりとした黒いズボンの前に手をあて、すでに欲情していることを示している。「先週は寂しかった」

この男のどこに魅力を感じていたのだろう？　ヴィンセントは思った。背が高く筋肉質で、金色の髪をわざとくしゃくしゃにしている。たしかにキャメロンの目つきや仕草や口から発する言葉はすべて官能的な歓びを約束している。だが一方で、あまりに流暢であからさますぎるのだ。自分のことを知りすぎている。この傲慢な生き物は、真摯で率直なジェイクの足もとにも及ばない。「ジェイクはどうした？」

キャメロンがヴィンセントの正面に立ち、指先を腕に走らせた。うっとりとしたような目でヴィンセントを見あげる。キャメロンはヴィンセントよりも五センチばかり背が低かった。

「ジェイクは来られません。でもぼくはここにいる。好きにしていいんだ」キャメロンは肩をすぼめて顎を引き、服従の姿勢を示した。

来られないだって？　ジェイクが他の客と一緒にいるところを想像して、ヴィンセントの胸に嫉妬の炎が燃えあがった。あっという間にその感情が、頭を麻痺させていた心配ごとの数々と荒っぽくまじり合う。ヴィンセントはきつくこぶしを握りしめた。「どこにいる?」

キャメロンはヴィンセントに寄りかかり、裸の胸を真っ白なベストに押しつけながら、ヴィンセントの黒いズボンに手を持っていった。「どこだっていいじゃないですか」そう言って、ヴィンセントの鋭い問いをやり過ごそうとする。

「いいものか」ヴィンセントはキャメロンを乱暴に押しのけ、ドアを開けた。ジェイクをベッドから引きずり出さなければ気がすみそうもない。ジェイクに触れた相手の皮をはいでやる。腕の筋肉がしきりにそう訴えていた。誰もいない廊下に自分の荒い息づかいが響く中、ヴィンセントは左右を見回した。ドアがあまりにも多すぎる。「ジェイクはどこだ?」

キャメロンがヴィンセントの腕にすがった。「ヴィンセント卿、戻ってください」

ヴィンセントは肩越しに振り返った。キャメロンの顔色は真っ白になっていた。深いブルーの目には本物の恐怖が浮かんでいる。傲慢さはかけらも残っていなかった。素早くあとずさって部屋に戻ると、キャメロンはヴィンセントの腕を放した。

「どこにいる?」ヴィンセントはキャメロンをにらみつけ、食いしばった歯を開いてゆっくりと言った。

「わ、わかりません、閣下」キャメロンが震える声で答えた。

「どこだ？」厳しいひとことが空気を震わせた。

ごくりとつばを飲み、キャメロンがさらに一歩さがった。

キャメロンの首に目を据えながら、ヴィンセントはこぶしを握った。必要とあらば、答えが得られるまで締めあげてやるまでだ。「ジェイクはどこなんだ？」

「知らないんです、閣下。誓います」ヴィンセントが一歩近づくたびに、キャメロンはあとずさった。「ここにはいません」

キャメロンの怯えきった声がヴィンセントの頭の中でこだました。燃えさかった嫉妬が冷たい水を浴びせられたように切り裂かれていく。ジェイクがここにいない？　一瞬、頭が真っ白になったが、すぐに激しい怒りがこみあげてきた。「それならいったいどこにいる？」ヴィンセントは問いつめた。

キャメロンは殴られでもしたかのようにびくりと縮こまった。ふらふらとあとずさってベッドにぶつかってよろめくと、腕を振り回してあお向けにひっくり返るのを逃れた。必死の形相で部屋中をきょろきょろと見回し、細かくあえぐように息をしながら裸の白い胸を激しく上下に動かしている。「知りません。ジェイクは出ていったんです。それっきり戻ってきていません」

ヴィンセントは首をのけぞらせ、怒りに任せてうなった。だがそんなことをしても、こみあげるやるせなさと怒りが鎮まるはずもない。もしキャメロンがもう一度〝知りません〟と言ったら、こんどこそ首を締めあげてやる。

マダムなら知っているかもしれない。しかし、マダムのオフィスへ乗りこんで男娼の居所を問いつめるなど、それこそ正気の沙汰ではない。今夜はもう充分派手に暴れた。さっき狂ったように怒鳴ったときの声は娼館じゅうに響き渡ったことだろう。

ヴィンセントは上着のポケットに手を突っこみ、札束をキャメロンに投げつけた。そのまま踵を返し、床に膝をついて散らばった札を拾い集める男娼を置いて歩み去った。

娼館の石の階段をおりていくと、従者が馬車の扉を開けた。〝イーストエンドへ〟という指示が喉まで出かかった。細い路地裏や安宿をジェイクを捜して回ろうと思ったのだ。

「レディー・カラートンのところへやってくれ。急いで頼む」ヴィンセントは突き放すように言って、黒い革張りの座席に身を沈めた。

従者は素早くうなずいて扉を閉めた。鞭が馬を打つ音が聞こえ、馬車が進みはじめた。

さまざまな想像が頭をよぎっていく。ジェイクが怯え、孤独に苦しんでいる。ジェイクが暗い路地で腹をすかせて縮こまっている。ジェイクが酔っ払った暴漢に乱暴されている。ジェイクが……。

「やめろ」ヴィンセントはみずからに命じた。意志の力を総動員してひどい想像を頭から締め出す。最悪の事態を想像してもしかたがない。少なくともいまのところは。

おばの舞踏会が終わったら、ジェイクが見つかるまでロンドンじゅうを駆け回ればいい。しかし、どこから捜せばいいのかもわからないし、それどころかジェイクの本当の名前すら知らないのだ。いったいどこに住み、どんな毎日を送っているのか？　ウイスキーとジンではどちらが好みなのだろう？　ヴィンセントの頭の中には、しなやかながらも引き締まった体つきの若者のイメージしかない。他はわからないことだらけだ。長くてくせのある濃い茶色の髪が無精髭の残る顎にかかり、キスを誘う豊かな唇にまで届いていた。部屋があまりにも暗くて、ジェイクの顔もよく見えなかった。瞳は青だろうか、それとも茶色なのだろうか。ひょっとしたら緑色かもしれない。グレーではない。それだけは間違いない。

ヴィンセントは馬車の内側に頭をもたせかけ、落ち着こうと深呼吸を続けた。ジェイクは所有物ではないのだ。こんなにも固執し、そばに置きたいと思うのが間違いなのはわかっている。しかし、いくら頭で理解しても心がその思いを捨てきれなかった。とにかくジェイクに会わなければ。しかしもし会ったとして、本当に少し言葉を交わすだけですむだろうか？

すまないだろう。

なんということだ。

ヴィンセントは顔をゆがめて低くうなった。その声には胃がよじれるような苦悩がこめられていた。まさか！　尊敬される傑出した紳士になれるよう、懸命に己を磨いてきたのだ。父が誇りを持って息子と呼ぶにふさわしい男になるために。なのに……自分はジェイクを求めている。

吐き出す息とともにヴィンセントは悪態をつき、最後にいらだちをこめたうなり声をあげた。いったいどうしたらいいというんだ？

両手で顔をごしごしとこすり、手袋をしていないことに気がついた。こんどはけばけばしい寝室に帽子と手袋を置いてきてしまった。あの娼館の召使にはすでに翡翠のピンを取られている。またしてもあそこの者たちに物をくれてやることになるわけだ。ポケットから時計を出し、街灯の光にあてるために高く掲げた。おばとの約束の時間まであと十分。邸宅に戻っている時間はない。帽子はなくてもいいだろうが、手袋はおじに借りるより他になさそうだ。

オリヴァーには招待状の件をたっぷりと感謝してもらわなくては。従妹との不愉快なダンスを強制され、黒い帽子と白い手袋を失い、かけがえのない男性の捜索を犠牲にしたのだから。

5

オリヴァーはタイを首から引きはがして床に落とし、別のタイをつかんだ。布を首のうしろに回してシャツのカラーと並行にし、剃ったばかりの顎をあげる。口もとを引き締めて眉間にしわを寄せ、タイをきちんと結ぶのに集中した。洗面台の上の鏡を見つめながら、震える指が言うことを聞くように決意をこめて結んでいく。

太陽はずいぶん前に沈んでいた。ろうそく立てのろうそくが寝室を照らし、髭を剃ったときに使った石鹸の香りが漂っている。もう行かなくては。そろそろ舞踏会に姿を見せなければ、実際に会う前からヴィンセントの怒りを買うことになってしまう。

最後にタイの結び目を締めて、オリヴァーは鏡を見た。完璧にはほど遠い。ヴィンセントや、あるいはヴィンセントの従者がつくる結び目の足もとにも及ばない。だがなんとかゴーディアンノットに近いものができあがったようだ。

近くの椅子にかけておいた黒い上着を取って袖を通す。ボタンをとめてからウールの上着を手でごしごしとこすり、しわを伸ばそうと試みた。ちゃんとプレスをしておくべきだったが、いまとなってはもうどうしようもない。

さっき投げ捨てた白いタイをまたぎ、ベッド脇のテーブルに歩み寄った。翡翠のピンを取ろうと手を伸ばした瞬間、急に動けなくなった。緑色に光る石の上で指先がためらう。

オリヴァーはこのピンに愛着を感じるようになっていた。肌身離さず身につけていたせいだ。自宅を出るときも、必ずと言っていいほどベストのポケットにしっかりと忍ばせていた。そうはいってもこの一週間ばかり、ヴィンセントに出くわすのが怖くてほとんど出歩いていない。出かけたといえば、祖母に会いにいったときくらいのものだ。これがなくなれば、きっと寂しさがこみあげるだろう。このピンはヴィンセントの一部だったのだ。

だがオリヴァーは泥棒ではない。娼館の床から拾いあげたときは何も考えていなかったが、いままでは永遠に持ってはいられないことを充分に承知していた。ヴィンセントにとって、このピンは金銭以上の価値があるのだ。彼がはじめてこのピンを身につけたときのことを、オリヴァーはいまでもはっきりと覚えていた。まだどこか少年の面影を残した声で、ヴィンセントは祖父が翡翠のピンを遺す相手として、兄ではなく自分を選んだと誇らしげにオリヴァーに教えてくれた。

ヴィンセントにピンを返す方法は他にもある。だが、匿名で郵便を使ったりするのは臆病者のすることだ。

それに、ヴィンセントに知ってもらう必要があった。あの優しい、けだるくなるようなキスを受けた相手が自分だったことを。愛する男性と一緒にいられればそれでいい。そんなわがままなオリヴァーの望みを、あのキスが吹き飛ばしてしまった。これ以上親友をだましていることはできない。ヴィンセントに背を向けて去られても、二度と会わないと拒絶されても、オリヴァーは真実を告げなければならなかった。

そうは言っても、口で告げる気にはなれなかった。オリヴァーは臆病者ではないが、ヴィンセントの澄んだ青空のような瞳を見つめて〝ところでプレスコット、先週きみと寝たのはぼくだったんだ〟などと言うところは想像もできなかった。

オリヴァーは息を吸って顔をゆがめた。言えるはずがない。だが、ヴィンセントに自分がしたことを明かす方法は他にもある。言葉を必要としない方法が。

ピンをつかむと全身が震えた。胃がひっくり返るような不安とかすかな甘い希望がまじり合い、オリヴァーの脈を速めた。楽観的になれる理由などそれこそまったくない。それでも希望を抱かずにはいられなかった。惨めな心がわずかな可能性にしがみついていた。そうせずにはいられないのだ。

あのキスにはなんらかの意味があったのかもしれない。ひょっとしたら、ヴィンセントがふたりの友情をそれ以上のものにする決意をしてくれる可能性もある。

ブルネットの髪につくりもののような顔をした女性がまつ毛をばさばさと動かしながら、半歩近づいてきた。あからさまに胸をヴィンセントの目の前に突き出すようにしている。

「最近あたたかくなってきましたわね、ヴィンセント卿」

「そうですね」ヴィンセントは自然に半歩さがり、未婚の女性を相手にするときにふさわしい距離を保った。彼は顔に笑みを張りつけ、いらだちに目を回したくなるのを抑えていた。時間が永遠のように感じられる。我慢する気力が刻一刻と失せていくような気がしていた。退屈な会話を礼儀正しくひとつずつこなしているというのに、こんどは天気の話か。ジェイクは冷たく無慈悲な街に、守ってくれる者もなくひとりでいるに違いないのに。

シャンパンのグラスを持つ手に力がこもる。ヴィンセントは唇にグラスを持っていくと、中身を一気に飲みほした。通りかかった召使が持つ銀の盆に空いたグラスを置き、もうひとつ新しいグラスを取ってすぐに口に持っていった。甘くて苦い泡立つ液体も、心を占めている心配を追い払うことはできない。

もう名前も忘れてしまったこの女性は、目の前の男性が明らかに飲みすぎていてもまったく気にならないらしい。あたたかくなってきた天気について、まだ一席ぶっている。ヴィンセントはときおりうなずきながら女性の肩越しに視線をさまよわせた。そのとき、安堵のようなものが押し寄せてきた。

うつむき加減に背中を丸め、オリヴァー・マースデン卿が大きな階段のそばにある大理石の柱のかたわらにひとりで立っていた。黒い上着のボタンをしきりにいじっている。

「……もう四月だというのに、雨もなかなか――」

「失礼します。お嬢さん」ヴィンセントは女性の言葉をさえぎった。「申し訳ありませんが、もう行かなくては」

女性は屈辱にわずかに顔を赤らめた。

紳士的ではない振る舞いだが、言い訳をする気にもなれない。ヴィンセントは軽く頭をさげるとオリヴァーのもとに向かった。

ずいぶん遅れてきたものだ。ヴィンセントはオリヴァーの怠惰にひとこと言ってやるつもりだったが、追いつめるまで文句を言う気はなかった。こんなに退屈な夜なのだ。いまもっともオリヴァーの存在を必要としているのは、他ならぬヴィンセント自身だった。

ヴィンセントは群れている客たちを避けるようにしながら進んでいった。無意味な会話に巻きこまれるのを避けるためだ。部屋にいるほとんどの人間よりも背が高いので、オリヴァーを見失う心配はない。視界に入れておかないと、オリヴァーは少し顔を出しただけで満足して、すぐに出ていってしまう恐れがあった。彼はこうした社交の場が嫌いなのだ。社交界の招待客のリストからたびたび名前を削られてしまうからだけではなく、性格的に向いていないからだ。そしてヴィンセントもまた、社交の場が好きではなかった。父親が出席するときは特にそうだ。だが、おばの誕生日を祝う舞踏会で一時間ばかりヴィンセントの退屈を紛らわせるくらいなら、オリヴァーも我慢してくれるだろう。

自然に顔がほころび、胸のしこりが何日かぶりに消えていった。不愉快な従妹とのダンスを我慢した甲斐があったというものだ。

オリヴァーの仕立て屋もまったくの無能というわけではないらしい。今夜の上着はサイズがぴったりで、オリヴァーの肩幅や引き締まった腰のラインを見事に強調していた。なかなかの美男ぶりだ。銀行口座の残高はともかくとして、その気になればオリヴァーは素敵な若い女性を夢中にさせられるはずだ。もしかしたら今夜、それなりの持参金のあてがある女性を紹介してやれるかもしれない。

そう思った瞬間、ヴィンセントの胸をかすかな不快感がよぎった。

理由もわからぬままに気を取り直し、ふたたび唇に笑みを浮かべる。「マースデン」ヴィンセントはオリヴァーに近づいて声をかけた。「来てくれて嬉しいよ」

オリヴァーがびくりと顔をあげた。「こんばんは、プレスコット」

「どうやら従者は必要なかったみたいだな。うまくやったじゃないか。準備には時間がかかったようだが」いつもより青白いオリヴァーの顔を囲む濃い茶色の髪を見て、ヴィンセントは言った。

オリヴァーがひきつった笑みを浮かべた。肩をもぞもぞと動かし、いかにも居心地が悪そうだ。「あ、ああ。今日はまだ時間がかからなかったほうだよ」

「マースデン」ヴィンセントは親しげにオリヴァーの肩を叩いた。「絞首台に向かうような顔をすることはないんだ。レディー・カラートンはずっと向こうのほうにいる。挨拶をしたくなければ別にそれでもいいさ。俺が代わりに心のこもった誕生祝いのメッセージを伝えておくよ」

「ありがとう。でもぼくは臆病者じゃない。挨拶くらいはどうってことないよ」オリヴァーが顎をあげて言った。声はあいかわらず緊張をはらんでいる。

ヴィンセントはうなずいてシャンパンを口に含んだ。社交の場の重圧がオリヴァーを落ち着かなくさせているのだろうか。いつもの気安さが陰をひそめている。かわいそうに。少し酒を入れたほうがよさそうだ。「臆病だなんて言うつもりはないさ。そうしたほうが気が楽かと思っただけだ。それはそうと、今夜はタイもうまく結べたじゃないか。カードでもどうだ？　もうここにはうんざりしていたところなんだ」グラスを持ちあげ、掲げてみせる。「ウイスキーを——」

ヴィンセントの視線がオリヴァーのタイのあたりでとまった。結び目の下、オリヴァーの白いリネンのシャツにタイをとめているのは緑色に光る翡翠のピンだった。娼館でなくしたものにそっくりだ。ヴィンセントは眉をひそめ、ピンをじっと見つめた。「そのピンだが、どこで手に入れたんだ？」

「床から拾いました、閣下」

その声には聞き覚えがあった。イーストエンドの訛りがまじった低い声。ジェイクの声だ。

困惑はたちまちかき消え、代わりに正気を揺るがす衝撃が襲ってきた。ヴィンセントはオリヴァーを射抜くようににらみつけた。

その目にも見覚えがある。切望と懇願に満ちたジェイクの目だ。

鋭く容赦のない欲望がこみあげ、たちまちヴィンセントを捕らえた。うろたえて素早くあとずさり、ジェイクとのあいだに距離を置く。いいや、これはオリヴァーなのだ。

なんということだ！　ジェイクとオリヴァーが同一人物だったとは。

なぜ気づかなかったのだろう？　背丈も体格も、濃い茶色の髪までも同じだというのに。違うところといえば、ジェイクの髪は顔を隠せるほど長かったというだけだ。オリヴァーが短く切るまでは。それにジェイクの無精髭――あれもオリヴァーがつぎの日〈ホワイツ〉で会うまでに剃っていたということか。部屋は暗く、彼は眼鏡をかけていなかった。

いや、こちらをだますためにわざとそうしたに違いない。

首と顔が真っ赤になっているのが自分でも感じられる。ヴィンセントは湧きあがる怒りを周囲に気取られまいと必死で抑えた。ここはおばの家なのだ。鼻孔を広げて荒い息をつき、頭の中で何度も繰り返す。

〝ここはおばの家だ〟

〝おまえは友人のマースデンと寝た〟

握りしめたグラスが音を立てて割れた。借り物の手袋に冷たいシャンパンがしみこんで手を濡らす。

「プレスコット？」オリヴァーが心配そうな声をあげたのが聞こえたが、それもはるか遠くのものに感じられる。「ぼくは――」

「何も言うな」ヴィンセントは目を閉じ、歯を食いしばった。とてもではないが、オリヴァーを正視できない。

なんということだ。オリヴァーに娼館でしていることを知られていた。

パニックがこみあげ、胸を締めつけた。いまにも窒息してしまいそうだ。

「誰かに話したのか？」ヴィンセントは低い声できいた。オリヴァーの答えが怖い。人々に陰で笑われているのか？　社交界の物笑いの種に？　それにしても、オリヴァーはなぜこんな冷酷でたちの悪い冗談を親友に対して仕掛けたのだ？

「いいや、プレスコット。誰も知らないよ。マダムとホリーは知っているけれど、あとは誰も知らない」

激しい怒りがこみあげ、ヴィンセントはオリヴァーの言うこともよく聞こえなかった。それでホリーは今日、笑っていたのだ。あの女はオリヴァーの汚い企みを知っていた。なぜだ？　どうしてこんなことを？　どうやってキャメロンと入れ替わった？　こちらはオリヴァーが男性に興味があるなど夢にも思っていなかったというのに！　ヴィンセントのうなじの毛が逆立った。会場じゅうの視線が自分に集まっているような気がする。正体を見透かされ、判断をくだされたような気分だ。

父も来ているというのに。

どうにかして、ヴィンセントは魂が張り裂けそうな苦悶の叫びをみずからの中に押しとどめた。

オリヴァーはなぜこんなことを？　こんな仕打ちをされるいわれはまるでない。

「話がある。だがここじゃだめだ」どこならいい？　ヴィンセントの自宅には召使たちがいる。主人よりも家の内情に詳しい者たちだ。どこで盗み聞きされるかわかったものではない。ひとたび聞かれれば、メイフェアじゅうの家に知られることになるだろう。

寒気が走り、背すじが震えた。だめだ、自分の家では話せない。

「きみの家だ。一時間後に」それまでには、オリヴァーを息の根がとまるまで打ちすえてやりたいという気も失せているかもしれない。秘密を守るにはそれがいちばん手っ取り早いやりかただが、できることなら暴力で解決などしたくはなかった。

ヴィンセントは大きく息をした。鼻から空気を吸いこみ、口から吐き出す。なんとかこぶしを握る力をゆるめて目を開けた。

豊かな唇をかみしめて、オリヴァーがうなずいた。一週間前にヴィンセントがキスをしたのと同じ唇だ。来たときも顔色が悪かったが、いまでは蒼白になっている。

当たり前だ。ヴィンセントはひねくれた満足を覚えた。たっぷりと恐れるがいい。

「ぼくの住所は知っているのかい？」オリヴァーがきいた。

ヴィンセントは黙ったまま背を向け、親友と呼んでいた男から遠ざかっていった。

6

鍵の先端が鍵穴にうまく入らず、木でできたドアを傷つけてしまった。オリヴァーは震える手を呪い、ふたたび鍵を差しこもうとした。こんどはなんとかうまくいった。

賢い人間ならレディー・カラートンの家からここまで、もっと遠回りしてくるだろう。そうして約束の時間をずっと過ぎてからこのドアの前に立つこともできるのだ。しかし、オリヴァーは真っ直ぐ家に帰ってきた。

まったく被虐趣味としか言いようがないと自分でも思う。あらゆる意味でそうなのかもしれない。

オリヴァーは頭を振ってひとり暮らしの暗い自宅の玄関を通り抜け、ろうそくに火をともした。金色の光が雑然とした部屋を照らし出す。座り心地はいいがでこぼこの茶色い革を張ったソファーのクッションには、新聞が放り投げてある。マホガニー製のテーブルはぐらつくので脚の一本の下にシェークスピアの本をはさんであった。古い布張りの安楽椅子の隣に置いてあるキャビネットは傷だらけだし、メイドを雇う余裕がないので床板はもう何年も磨いていない。色褪せた壁紙は、かつて金箔の額におさまっていた絵画が飾ってあったところが二箇所、四角く違う色になっていた。

オリヴァーはうんざりした。とんだあばら家だ。

あばら家というほどひどくはないかもしれない。それでもヴィンセントの真っ白な邸宅に比べれば、やはりそうとしか言いようがないだろう。

急いで新聞を片づける。先週はほとんど出歩かなかったので、今日のためにあわてて情報を仕入れたのだ。テーブルの上にあったふたつの空のグラスも、床に脱ぎ捨てた茶色の上着と汚れたブーツも、ぜんぶまとめてキャビネットのいちばん下の引き出しに放りこんだ。引き出しが閉まらなくなってしまったので、ブーツだけを取り出して足で乱暴に引き出しを閉め、それを寝室に放り投げた。

寝室はただドアを閉めておけばいい。舞踏会の準備でひどいありさまになっているが、見えなければそれでいいのだ。片づけることもない。ヴィンセントがこの寝室に入ることなど金輪際あり得ないのだから。

オリヴァーはうなって安楽椅子に座り、眼鏡をはずして疲れた両目を揉みほぐした。膝の上に両肘をつき、がっくりとうなだれて両手で顔を覆う。右脚の震えがとまらない。靴のかかとが床板を踏む音が小刻みに部屋に響いた。べたつく汗で髪が頭に張りつき、胃から苦いものがこみあげてきて体がこわばった。

ごくりとつばを飲み、オリヴァーは呼吸に集中しようとした。そうすれば、少しでも胃が楽になるかもしれない。じきにヴィンセントがやってくるというのに、その前に吐いてしまうわけにはいかないだろう。それこそ屈辱だ。

舞踏会の会場で、膝をついてヴィンセントに許しを請いたいという衝動を抑える自信はなかった。だからヴィンセントに背を向けて去られたあと、オリヴァーはすぐに会場をあとにしたのだった。ピンをどこで拾ったのか、声をつくってヴィンセントに告げるのには大変な勇気が必要だった。だがいちばんつらかったのは、ヴィンセントのハンサムな顔に痛みと怒りがこみあげるのを見ていなければならなかったことだ。彼は力強い顎をこわばらせ、引き締まった唇を真一文字に結んでいた。美しい目をしっかりと閉じたまま。

そして、最悪のことはこれから起こるのだろう。いちばん近い道を通ってきたとはいえ、オリヴァーは徒歩なのでここまで一時間近くかかってしまった。しかし、ヴィンセントには馬車がある。磨きあげられて黒く光り輝く四頭立ての馬車は、裕福なセー・アンド・シール侯爵の次男にふさわしい乗り物だ。じきにヴィンセントがその馬車に乗ってここにやってきて、おばの舞踏会場では抑えていた怒りを吐き出す。

ヴィンセントにはそうする権利がある。楽しみにしているわけではもちろんないが、オリヴァーはすでに覚悟を決めていた。不安のあまり気分まで悪いが、とにかく覚悟はできている。家までの長い道のりのあいだ、オリヴァーはひとつの結論にたどりついていた。身を切るようにつらい認識だ。

失うものなどすでに何もないのだ。隠し事をする理由も何ひとつなくなった。すぐにヴィンセントがやってくる。このあばら家を出たが最後、二度と口をきくこともないかもしれないが、少なくともここにいるあいだはヴィンセントの本心が聞ける。たとえそれが残酷なものであっても。

目的がはっきりしたとたんに胃が落ち着きを取り戻し、不安が晴れた。オリヴァーは立ちあがり、ボタンをはずして上着を脱いだ。脱いだ上着を椅子の背に丁寧にかけ、ふたたび眼鏡をかける。白のベストを引っぱってしわを伸ばし、ヴィンセントに返すために胸のピンをはずした。

暖炉の時計に目をやるのと同時に、ドアの外から大きな足音が聞こえてきた。オリヴァーは胸を張り、両手をうしろに組んで翡翠のピンを強く握った。石が手のひらに深く食いこむ。

〝ぼくには失うものなど何もない〟

ノブが回り、ドアが開いた。

ヴィンセントはノックもせずにドアを開けて部屋に入ると、叩きつけるようにして閉めた。「説明しろ、マースデン」怒りと、裏切られたという思いが頭にうずまき、しぼり出すようにそれだけ言うのがやっとだった。一時間たっても怒りが鎮まることはなかった。それどころか、もはや許しがたいというところまで大きくなっただけだ。

暖炉のそばに立っているオリヴァーが顎をあげた。「きみと一緒になるにはあれしか方法がなかったんだ。ぼくはきみを愛している。ぼくは――」

「やめろ！」ヴィンセントは足をとめた。両手で耳をふさぎ、言葉を締め出してしまいたい。オリヴァーのいまの言葉を忘れてしまいたかった。

「いいや。やめないよ、プレスコット」オリヴァーが決意をこめた表情で言った。「ぼくはきみをずっと愛してきた。その気持ちはもうぼくの一部だ。いつはじまったかも思い出せないくらいだよ。だからぼくはひと晩、きみと過ごしたかった。必死だったんだ。そのためなら何をしてもいいと思った。もう二度とないとわかっていたけど、一度もきみと一緒になれずに生きていくことなどできないと思ったんだ。もしこのことを誰かに知られるのを心配しているなら大丈夫だよ。ぼくは絶対に誰にも言わない。それは信用してくれていい、プレスコット」

「信用だと？　きみは最悪の裏切りを働いたんだぞ」

「ぼくは自分の正体を隠しただけだ。ぼくがついた嘘はそれだけだよ」

〝それだけ〟だって？　ヴィンセントはオリヴァーから離れた。「きみは友人だと思っていたのに」

「友人だよ」

オリヴァーはひるむこともたじろぐこともなく、ヴィンセントの視線を真っ直ぐに受けとめている。濃い茶色をした髪が片方の目にかかっていた。ジェイクの目は茶色だったわけだ。青でも緑でもなく、茶色の瞳だ。吸いこまれそうな深い色合いで黒に近い。ヴィンセントは一歩さがり、ジェイクから距離を取った。いいや、これはオリヴァーだ。頭が混乱する。他の誰よりも自分を引きつけたジェイクの裸体と少年時代からの友人。頭がどうしてもふたつを結びつけようとしないのだ。だが、いまこうしてオリヴァーを見ると、たしかにジェイクの幅広の肩や引き締まった尻、そしてふっくらとした唇がそこにあった。この一週間、何度この豊かな唇が自分のものを包みこむところを想像したことだろう。

「きみは毎月、最初の木曜にあの娼館に通っている」オリヴァーのあからさまな言葉が、ヴィンセントを当面の口論に引き戻した。「誰と寝たかなんて関係ないだろう。どうして相手がぼくじゃいけないんだ？」

「いいわけないだろう」ヴィンセントは両手をあげ、怒りをあらわにした。そういう男だとオリヴァーに思われているのが心に突き刺さったが、その痛みの理由など考えたくもない。「もしきみだと知っていたら、俺は……俺は……」歯を食いしばってうなり声をあげる。「くそっ！　きみのことを心配していたんだぞ」ぶるぶると頭を左右に振る。「違う。ジェイクのことをだ」

「心配？　どうして？」オリヴァーが混乱した面持ちできいた。

ヴィンセントは冷笑の形に唇をゆがめ、下を向いて自分の靴を見た。「新入りだと言ったじゃないか」無用の心配をしていたことに気恥ずかしさを覚え、こぼすような口調になった。「俺が最初の客だと言っただろう。自分のことしか考えずにひどいことをする客もいるんだ。そういう連中の相手をして、けがをしてほしくなかった」

気まずい沈黙が流れる。ヴィンセントはそわそわと動きたがる体を抑えつけていた。本当はこめかみに手をやり、ずきずきと痛む頭をなんとかしたい。「どうしてわかった？」彼はオリヴァーに尋ねた。こみあげるパニックを抑えこむには怒りに火をつけなければならない。マダムの店で、他の客たちにまじっているオリヴァーの姿を何度か見かけたことがある。もしそこでヴィンセントが男娼を相手にしていると感づかれたのなら、他の客たちにも知られているかもしれない。どうしてわかってしまったのだろう？　人が気づくような何かがあるというのか？

オリヴァーが疲れたようにため息をついた。「きみはキャメロンのお気に入りなんだ。もちろんキャメロンはずっときみの話をしていたわけではないし、名前も出してない」つけ加えるように急いであとを続ける。「でも、きみがあそこに通っているのは知っていたし、だんだんその青い瞳のハンサムな貴族はきみじゃないかと思うようになった」

オリヴァーはいま、ハンサムと言ったのか？　ヴィンセントは一瞬、唇をぴくりと動かしてから口もとを引き締めた。「それじゃ、きみもあいつと寝ていたのか」

「同じではないと思うよ」オリヴァーがかすかに頬を赤らめた。「たぶん、きみとぼくは立場が逆だからね」

オリヴァーがキャメロンに抱かれていたなどという告白を聞かされても落ち着かないだけだった。それどころか、ヴィンセントの心にいらだちがこみあげてきた。他の男があの引き締まった尻をつかんでオリヴァーとひとつになり、豊かな唇に……。

なんということだ。オリヴァーとキスをしてしまった。

「ぼくたちには侯爵家の次男だという以外、そんなに共通点はないと思っていたんだけどね」ヴィンセントは足もとの床がぐらつくように感じるほどの衝撃を受けているのに、オリヴァーの声は落ち着き払っていた。「昔からきみは何をやっても秀でていた。完璧に近いくらいにね。それにひきかえぼくは……このとおりだ」オリヴァーが手を振って、自分自身と雑然とした部屋を示した。「きみには責任があるし、自分の領地も持っている。ぼくは無一文に等しくて大学にも行っていない。でも、ぼくたちはそう変わらなかったわけだ。自分のありかたに疑問を感じる気持ちは、きみもわかるだろう？　どうして女性を追いかけ回す他の男性とは違うのか。なぜ結婚して妻を持ちたいと思わないのか。隠しつづけなければいけない理由もつらさもわかっているはずだ」

ヴィンセントは目を見開いた。パニックに襲われ、背すじがひやりとした。「俺はきみとは違う」

「違わないよ」

「違う！　俺は女のように這いつくばって男を求めたりしない」

腹を殴られでもしたかのように、オリヴァーがびくりと身を震わせた。「自分にそう言い聞かせているのか？」細めた目に怒りと悲しみが宿っている。「そんなことは関係ないよ」

「あるとも！　俺は違う。きみのような……」

「ぼくのような？」オリヴァーは鋭く言い返した。体の両脇で手を握りしめてこぶしをつくり、前に進んでヴィンセントと胸を突き合わせる。「言えよ。好きなように言えばいい。ぼくをオカマ野郎と呼ぼうが変態と呼ぼうが、きみがぼくを抱いたことに変わりはないんだから。しかもただ抱いただけじゃない。セックスはセックスにすぎないからね。でもきみは、ぼくにキスをしたじゃないか！」

その言葉にヴィンセントは総毛立った。かろうじてあとずさりするのをこらえる。「そんなことはわかっている」

「それならどうして受け入れられない？　この部屋の外でもそうしてくれなんて言うつもりはないよ。どうして自分自身を受け入れようとしないんだ？」オリヴァーはそこで動きをとめ、眉間にしわを寄せて眼鏡越しに何かを探るようにヴィンセントの顔を見つめた。「そうか、わかったよ。ぼくに怒るより、もっと大きな怒りを自分に感じているんだろう？　欠点だと思っているんだ。ヴィンセント・プレスコット卿は完璧でないといけないのに。違うかい？」

ヴィンセントは肩を回した。自分を見透かしているのは舞踏会の客たちなどではない。オリヴァーだった。「違う」

「いや、違わないよ。ヴィンセント、これは欠点なんかじゃないんだ。少なくともぼくはそう思う。きみの父上は――」オリヴァーは言葉を切り、怒りをこめて息をついた。「いや、父上の意見なんてどうだっていいじゃないか。あの思いあがった兄上にすべての愛情をそそぐことを選ぶような、物事の見えない父上だぞ」

いつもと同じオリヴァーだ。もっとも支えを必要とするときに支えてくれる。ふいに疲労感に襲われ、ヴィンセントは重い足取りでソファーに向かうと、腰をおろした。頭を垂れて首のうしろに手をやる。自分に正直になるならば、ヴィンセントのために立ちあがって指摘をしてくれたオリヴァーを尊敬していると認めざるを得ない。知り合いのほとんどはへりくだって取り入ろうとするばかりで、反論しようとすらしない者ばかりだ。なのにオリヴァーは、ヴィンセントがいつも否定していた自分を見つめ直せと言っている。気分のいいものではないが、必要なことなのかもしれない。

あの娼館に通いはじめてからどのくらいになるのだろう？　もう何年にもなる。そのあいだヴィンセントはずっと、相手が望むことをしているだけだと自分に言い聞かせてきた。彼らに触れさせず、キスもせず、こちらからは体を許さずに距離を保っておくことで、自分だけは違うと思いこんできたのだ。ヴィンセントはみずからの愚かさを鼻で笑った。真実と直面するのは恐ろしいことだ。だがもう否定することはできない。自分は同性愛者なのだ。娼館に通っていたのも男性を求めてのことだ。証拠はすでにそろっていたのに、直面してこなかっただけだ。他の者が言ったのであれば、むきになって否定もしただろう。決闘沙汰になっていたかもしれない。しかしオリヴァーは、この昔からの親友は、ヴィンセントのことを本人よりもよくわかっていた。

たしかに男性に対して欲望を抱いていたのは事実だ。肉体的な欲求を感じていた。だがキスまでしたのはオリヴァーだけだ。心の底から心配し、より安全な自分のもとに置いておきたいと本能的に感じていた。それに、どれだけ頭から追い払おうとしても無理だった。

それならふたりはこの先どうしたらいいというのだ？　オリヴァーとの友情を失いたくはない。だが、こんなことがあったあとで、いままでのような関係が保てるのだろうか？

自分はいったい何を求めているのだろう。いままで以上の関係？

近づいてくる足音が聞こえても、ヴィンセントは顔をあげなかった。

「きみを受け入れる人間がひとりでもいるということを忘れないでほしいんだ。ぼくはありのままのきみを愛している。たとえきみが、自分自身を受け入れられないとしても」オリヴァーが大きく息をついた。「これを返すよ。きみにとって大切なものだ。取ったりしてごめん。それに今夜、不愉快な思いをさせたことも謝るよ。ぼくは……」もう一度ため息をつき、打ちのめされて疲れきった声で続ける。「とにかく、きみにぼくだと知っておいてもらわないといけなかったんだ」

オリヴァーの声ににじんだ心の痛みが、ヴィンセントの胸を締めつけた。すべての疑問に終止符を打つべきときだ。自分はいままで以上を求めている。

ヴィンセントは立ちあがり、オリヴァーの手を取って翡翠のピンを握らせた。「いいよ。

俺よりきみのほうが必要としているのかもしれない。それにこいつがあれば、タイを真っ直ぐにとめておけるだろう」オリヴァーの深い茶色の瞳を見つめる。さっきまでの強さは失われ、もろく傷つきやすいはかなさだけが宿っていた。「もう二度とないとわかっていたと言ったな？」

オリヴァーが唇をかみしめてうなずいた。最悪の事態に備えているのか、全身をがちがちにこわばらせている。

「そうとはかぎらない」ヴィンセントは言った。「ただし、慎重にことを運ぶ必要がある」

オリヴァーが眉をひそめて頭を傾けた。これでいい。こんどはオリヴァーが混乱する番だ。「つまり……きみが訪れる木曜に……ぼくに娼館にいろというのか？」

「もう二度とあそこに行く気はない」ヴィンセントはあざけるように鼻で笑った。「きみと過ごせたのに、あんなところで金を無駄に捨てていたとはな」

オリヴァーが警戒するような顔つきになった。ヴィンセントに握られていた手をさっと引き抜く。「はけ口に利用する気なのか？　このぼくを慰みものに？　冗談じゃない。自分で言うのもいやになるよ。きみにとってなんらかの意味のある存在だと認めてもらえないかぎり、もうきみとは一緒にいられない。そんなのは平気だと思っていたけれど、違うんだ。別にきみの心が欲しいなんて言うつもりはないよ。でも、欲求が訪れたときのはけ口にされるのはいやだ。誰でもいい相手のひとりにされるのは我慢できない」

「マースデン、ばかを言うな。きみの存在に意味がないわけがない。俺は……その……」

ヴィンセントは顔をしかめ、もう一度口を開こうとしてあきらめた。いらだちのあまり、自分の顔をごしごしとこする。男性と愛し合うなんて考えられないのだ。オリヴァーに愛されているのは間違いない。それはわかっているし、正しいことのようにも感じられる。ただ、自分も同じ気持ちを返してやることができるのかとなると、まるで自信がなかった。あまりにも新しい考えに頭がついていかないのだ。時間がたてば、もしかしたら……。

だが、オリヴァーがいますぐに言葉を欲しているとしたらどうする？　自分が実感していないことを口にできるだろうか？　オリヴァーを手に入れるためとはいえ、親友にそんな嘘をつけるのか？

「無理をしなくていいよ、プレスコット」オリヴァーがおどけて怒ったような口調で言い、顔を覆っているヴィンセントの両手を取った。「さっきの答えで充分だ。いまのところはね」

オリヴァーは片方の手をヴィンセントの頭に回して強く引き寄せ、唇をきつく押しつけてきた。大胆に、そして強引にヴィンセントの口に舌をねじこんでくる。

オリヴァーとキスをしている。

その思いが一瞬、ヴィンセントの頭をかすめた。しかし、こぶしを握ったままオリヴァーの腰に手を回し、近くへ引き寄せたとたんに欲望に火がつき、気まずさは消し飛んでいった。ヴィンセントはオリヴァーの尻をつかんでキスを返した。オリヴァーの口をむさぼるように激しく唇を重ねる。長く心の内側にとどめていた禁断の欲望を徐々に解放していった。

オリヴァーが唇を離した。指をヴィンセントの髪にからめ、頭を引き寄せたまま、かすれた声でささやく。「ぼくがどれだけこうしたかったか、きみにはわからないだろうね」その声が濡れたヴィンセントの唇をくすぐった。

これからどうするのかを思い出させてやりたくて、ヴィンセントはオリヴァーの下唇を軽くかんだ。すぐに反応が返ってきた。強引さはたちまち消え、オリヴァーが長いまつ毛を伏せてヴィンセントの肩に手を落とす。完全にこちらを信頼して身をゆだねている彼の姿は、信じられないほど美しかった。ヴィンセントは畏敬の念をこめて微笑み、残っているはずの痛みを癒やすためにオリヴァーの魅惑的な唇を舌でそっとなぞった。「ベッドはどこだ？」

オリヴァーがさっと左に目をやり、閉じたままのドアを示した。

「よし、ベッドに行くんだ」

オリヴァーが驚きに目をしばたたいた。

ヴィンセントは姿勢を正し、オリヴァーをにらんだ。「早く」

文字どおりオリヴァーが駆けていき、ドアを開けて中に入った。ごとりという音のあとに「くそっ、ブーツめ」というつぶやきが聞こえてきた。

そのあとを追ってゆっくりと寝室に入り、ヴィンセントは薄暗い部屋を見回した。居間から漏れる明かりがオリヴァーの白いベストの背を照らし、ブーツを壁際に放り投げる姿を映し出した。オリヴァーが部屋の中をうろついて何かをしているあいだに、ヴィンセントはドレッサーの上のろうそくに火をともした。ここにはメイドが必要だ。どうしたらこんなに散らかったところで暮らしていけるんだ？

床にうち捨てられているタイを踏みつけ、オリヴァーが洗面台からシーツがしわくちゃになったベッドの脇にあるテーブルへと走っていった。背中を丸め、何かを引き出しに突っこんでいる。

ヴィンセントはきっかり四歩で部屋を横切り、オリヴァーの背後に身を寄せた。大きな体で覆いかぶさるようにしてオリヴァーが振り向けないようにし、開いたままの引き出しにかかっている彼の手に自分の手を重ねた。「何があるんだ？」

オリヴァーの体がこわばる。「いいや、なんでもないよ」

ヴィンセントはオリヴァーの肩越しに引き出しをのぞきこんだ。すごい。こんなコレクションがあるからには、彼は本物なのだろう。これもぜんぶ試したに違いない。その場面を想像すると、たちまちヴィンセントの欲望に火がついてズボンの中で大きくなっていった。オリヴァーの引き締まった尻に自分のものを押しつけ、肩に歯を食いこませたい。なんとかその思いをこらえ、平静を装ってぞんざいな口をきいた。「なんでもないようには見えないな。どれがいちばん好きなんだ？」

オリヴァーの指が黒い大理石の張形を指した。いちばん大きなものだ。

「どうしてこれが好きなんだ？」

「その……きみとほとんど同じ大きさだから」オリヴァーが張形の先端に触れ、震える声でささやくように言った。「でも、長さが少し足りないんだ」

「足りないだろうな」ヴィンセントは傲慢に笑ってみせた。オリヴァーがそろえたこれだけのコレクションの中にも、自分自身にかなうものはない。そう思うと、不思議な昂揚感に包まれた。「言うことを聞いていい子にしていれば、本物を味わえる」

泣き声にも似たオリヴァーの返事がヴィンセントの体に突き刺さった。全身の血があっという間に自身に集中し、頭がくらくらする。手を離してあとずさると、オリヴァーが翡翠のピンをテーブルの上のくすんだ銀の皿に落とすかたんという音が聞こえてきた。ずっとベッドのすぐ脇に、へたった枕のすぐそばに置いて眠っていたのだろう。ヴィンセントの胸にこみあげるものがあった。全財産を賭けてもいい。この一週間、オリヴァーはあのピンを肌身離さず、つねに見えるところに置いていたに違いない。そしてヴィンセントもピンを譲ったとき、この先できるだけオリヴァーに身につけてもらいたいと願っていた。これからふたりは詮索好きで批評家ぶった人々の視線を避け、慎重に行動していかねばならない。それならばこの部屋の外でも、せめてひとつくらいは自分のものを身につけておいてほしかった。

胸がこわばった肩に触れるところまでふたたび歩み寄る。ヴィンセントはオリヴァーの腰のあたりから手を伸ばした。「これは必要だ」オイルの入ったボトルを引き出しから取り出し、テーブルの上に置く。「他のものはこんどでいい。お気に入りのおもちゃをきみがどう使うのかをぜひ見たいが、それはまたこんどだ」彼は唇でオリヴァーの耳をなぞった。オリヴァーの香りを吸いこもうとすると、軽く巻いた濃い茶色の髪が鼻をくすぐった。

オリヴァーがはっと息を飲んだ。ヴィンセントの全身に震えが走った。われを忘れてオリヴァーをベッドに押し倒してしまう前に、数歩あとずさる。ヴィンセントは手近な椅子をベッドのそばに置いて腰をおろした。

「服を脱ぐんだ」

うしろ姿のオリヴァーが息を震わせ、それを感じたヴィンセントは椅子の肘かけを強く握りしめた。

「早く」ヴィンセントは鋭く命じた。

オリヴァーが振り返り、震える手で白いベストのボタンに手をかけた。脱いだベストをドレッサーに向かって投げ、サスペンダーとタイをはずして眼鏡を取った。シャツも靴もつぎつぎに取り払っていく。ズボンとズボン下を足までおろして蹴るように脱ぎ去り、ぴたりと動きをとめた。

ヴィンセントは椅子の背に身を預け、無表情を装って目の前の美しい裸体に見入った。娼館ではオリヴァーの言うとおりにしたが、もう二度とこの体を暗闇で隠すのを許す気にはなれない。わずかな暖炉の火だけではあまりにも惜しすぎる。しなやかでいて力強く、無駄がいっさいない、なめらかな肉体だ。白く輝く肌はイタリア系の祖母からの贈り物だろう。その皮膚が引き締まった筋肉をつややかに覆っている。オリヴァーの胸の先端に触れたくて、ヴィンセントの指がうずいた。敏感な頂をオリヴァーがもっとと懇願するまで愛撫するのだ。体毛は小さなへそから下腹部の茂みにかけてうっすらとあるだけだ。彼のものは、まだ触れられてもいないのに欲望に満ちて脈打っている。

オリヴァーは体の脇で両手をきつく握りしめていた。つぎの命令を待ち焦がれているのをそのこぶしが示している。

ヴィンセントはわざと間を置き、緊張が高まるのを待った。ゆっくりと身をかがめ、床に落ちていたタイを拾って立ちあがる。「こっちへ来るんだ」

オリヴァーが近づいてきて、目の前で立ちどまった。裸の胸を興奮でピンクに染め、小さく切れ切れに息をしている。視線はヴィンセントが軽く握っている白いタイに釘づけになっていた。

「背中を向けてうしろで手を組め」

質問やためらいはいっさいなしに、オリヴァーが素直に命令に従った。ヴィンセントはオリヴァーの手首にタイを巻きつけ、結び目をつくった。オリヴァーが腕を動かし、手首の具合を確かめると、白い二の腕が硬くひきつった。

「大丈夫か？」ヴィンセントはオリヴァーの腕に手を置いて優しくさすり、低い声できいた。

オリヴァーがこくりとうなずく。ヴィンセントは安心し、少し離れて美しい背中に見入った。タイの端が丸く引き締まった尻をくすぐっている。

イングランドじゅうを探して回っても、これ以上素晴らしい光景はないだろう。いや……あるのだ。それもひとつやふたつではない。じきに、オリヴァーがもたらしてくれるその光景を目にすることになる。だが、まずその前にオリヴァーの口を味わいたい。

　ヴィンセントはボタンをはずしてズボンをおろし、シャツの裾を払いのけて昂ぶった欲望をあらわにした。「こっちを向くんだ」みずからを愛撫しながらオリヴァーに命じる。

　オリヴァーの目が瞬時にヴィンセントの下腹部を捉えた。舌をのぞかせ、ふっくらとした唇をなめる。

「これが欲しいのか？」

　オリヴァーは切望のこもった潤んだ瞳でヴィンセントを凝視した。「はい、お願いです」

　ヴィンセントはオリヴァーのしなやかな肩に手をやって力をこめた。その力にすぐに屈して、オリヴァーが床に膝をついた。

「口でするんだ、マースデン」

　オリヴァーのせつなげな声を聞き、ヴィンセントは危うく果てそうになった。純粋な渇望に満ちたその小さな声は、あたりの空気を震わせる力を持っていた。ごくりとつばを飲み、自身を襲うけだるい絶頂の予感を遠ざける。彼は脚を広げ、みずからの先端をオリヴァーの豊かな唇に触れる位置に持っていった。

　オリヴァーが唇を開き、熱く濡れた口にヴィンセントを迎え入れた。伏目がちに、動くたびに徐々に奥深くへと誘い、首を引くたびにいとおしむように強く吸いたてる。ヴィンセントはオリヴァーのうなじをつかんで濃い茶色の髪に指をからませ、同調するように腰を動かした。想像したこともないほどの快感だ。片方の手を自分の首にやり、タイをほどいてむしり取る。そのときオリヴァーが首を引き、ヴィンセントの先端に舌をからませた。とめどなくあふれる欲望のしるしを舌ですくい取るようにして、ヴィンセントの喉からうめき声を引き出す。そしてこんどは頭をさげ、喉の奥までヴィンセントの欲望を飲みこんだ。ベルベットのような感触の喉が自身を包みこむ。はじめて経験する強烈な快感に、ヴィンセントは思わず息を飲んだ。

「いい子だ」かろうじて、それこそしぼり出すように言葉を発する。「いいぞ……ああ」

オリヴァーが同じ動きを何度も繰り返した。ヴィンセントは頭を垂れ、荒い呼吸をしながらオリヴァーの肩をしっかりとつかんだ。腿がぶるぶると震える。このままオリヴァーの喉で果ててしまいたい。自身の焼けつくような昂ぶりをひと息に解き放ってしまいたかった。

ヴィンセントは歯ぎしりをし、うなるような声をあげて渇望を力ずくで抑えこんだ。まだだ。オリヴァーのせつない懇願を聞くまでは果てるわけにいかない。切望に浸りきったあの声を耳にするまでは。

「いいだろう、放せ」ヴィンセントはオリヴァーの肩を荒々しく押した。

オリヴァーが命令に従い、上目づかいにヴィンセントを見あげた。瞳が欲望に暗く燃えて瞳孔が開き、茶色の虹彩がはっきりと見て取れる。オリヴァーが細かく肩で息をする音が部屋じゅうに響く。赤く染まった胸がうっすらと汗で濡れていた。オリヴァーもまた、昂ぶった象徴からつややかな欲望のしるしをあふれさせている。真っ直ぐに天を向いていきり立つ象徴は、いまにも胴に触れそうになっていた。

いままで、相手のものを愛撫しただけでここまで欲望を燃えたぎらせる人間にめぐり会ったことはない。オリヴァーがこうなるのは自分が相手のときだけだ。その確信がヴィンセントを厳粛な気分にさせた。

ヴィンセントは身をかがめ、オリヴァーの開いた唇に軽く唇を重ねた。自分自身とオリヴァーの味がまじり合っていた。「立つんだ」オリヴァーの腕に手を添えて立ちあがるのを助ける。それからベッドに顔を向けて言い放った。「あっちだ」オリヴァーの上体を押してマットレスに這いつくばらせる。

うしろ手に縛られ、膝をついて尻を突き出したオリヴァーをベッドの上に置き去りにしたまま、ヴィンセントはゆっくりと上着を脱ぎ、ベストとシャツを脱ぎ捨てた。時間をかけてみずからの欲望を落ち着かせ、同時にオリヴァーの欲望を昂ぶらせる。あの娼館での夜、ヴィンセントはオリヴァーが待つことで切望をつのらせるのだとすぐに気づいた。オリヴァーはそれを求めている。ふたりはひとつになることで完璧な存在になる。たがいに相手の歓びを極限まで引き出すことができるのだ。オリヴァーから懇願を引き出し、彼の世界で唯一無二の存在となる。それがヴィンセントの望みだ。そして、今夜は必ずそうしてみせる。

ヴィンセントは椅子を引き寄せ、オイルの入ったボトルを手に腰をおろした。「もっと広げるんだ」オリヴァーの素足のかかとを足でつつく。続けて平手で丸い尻をしたたかに打ちすえた。

「ああっ」オリヴァーがあえぎともうめきともつかない声をあげ、びくりと身を震わせてマットレスに顔をうずめた。

ヴィンセントは聞かずにはいられなかった。「気に入ったか?」

「はい」

「俺の手と刺すような革の鞭の感触……」なめらかな尻に手をやって赤く浮かびあがった手形を優しくさすり、もう一度ぴしりと打つ。「どっちがいい?」

「どっちも」オリヴァーが間髪いれずに答えた。

ヴィンセントはくすくすと笑い、オリヴァーの尻をなで回してから力をこめてぐっと開いた。「ああ、マースデン。俺はきみをどうしたらいいんだろうな?」

オリヴァーが背中をそらし、ヴィンセントの両手に尻を強く押しつけた。「突いてください。お願いします」

「もう少ししたらな」ヴィンセントは片方の手でオリヴァーの尻をつかみ、もう一方の手で秘部にオイルをなじませた。ゆっくりと二本の指先でもてあそぶ。説明はできないが、なぜか男性の尻にかつてない性的な魅力を感じた。胸が高鳴るほどだ。時間が許せば、何時間でもこうしていられるだろう。オリヴァーをもてあそび、指を禁断の入り口の上下に走らせる。丹念になぞり、じらすだけじらしてオリヴァーを渇望に狂わせるのだ。

じきに指での愛撫に秘部が弛緩しはじめた。そこへすかさず二本の指を奥深くまで沈めていく。とても熱く、そして驚くほどにきつい。オリヴァーが小さくあえぎ、歓喜の声をあげた。ヴィンセントは身を震わせた。自身が、指に伝わる熱くきつい感触を求めて、石のように硬くなっている。オリヴァーを早く渇望へと誘わなければ。眼前に開いた腿のあいだに手を伸ばし、同じように張りつめたオリヴァーの敏感な部分を握りしめた。

二箇所を同時に愛撫され、オリヴァーがうめき、あえぎ、さらなる高みを求めて懇願した。脚を震わせ、腰の上で両方のこぶしをきつく握りしめている。せつなげに首を左右に振るたびに、両腕と背中の筋肉が美しく収縮した。

「ヴィンセント、お願いです。もう我慢できない」

これだ。このかすれた、そして張りつめた泣き声だ。

「まだだめだ」ヴィンセントはうなるように言った。立ちあがってズボンを脱ぎ捨て、邪魔になった椅子を蹴り倒す。オリヴァーのしなやかな尻をつかみ、自身を秘部に押しあてた。

部屋じゅうにヴィンセントのほえる声が響き渡った。オリヴァーのシルクのようになめらかな感触の秘部が細かく震え、すぐにきつくヴィンセントを締めつけはじめた。息もつまりそうなほどに。男性の汗と欲望、精の匂いが漂ってきた。秘部に先端を受け入れただけでオリヴァーが絶頂に達したのだ。あの娼館での夜と同じだ。

指をオリヴァーの肌に食いこませ、ヴィンセントはさらに奥へと入っていった。そうせずにはいられない。

オリヴァーが息もたえだえにあえぎながら屈服し、懇願した。「もっと。ぜんぶ。お願い」

ヴィンセントは懇願に応えた。いちばん深く、しなやかな尻に胴が密着するまでオリヴァーの中に体を沈めていく。円を描くように動かしてから腰をいったん引き、先端で秘部の入り口をもてあそんでもう一度奥まで一気に突き入れる。

オリヴァーが身をのけぞらせるようにして、首をうしろにそらした。肩をマットレスから離し、両腕をぴんと伸ばして背中で美しいVの字を描いた。指を伸ばし、懸命にヴィンセントの胴に触れてくる。ヴィンセントはオリヴァーのすべてを堪能し、夢中で腰を振りつづけた。

オリヴァーが腕を震わせて自分の手首を縛るタイの結び目を強く引っぱり、快感に鋭くあえぎながら、いらだったような声で訴えた。「ほどいて。お願いです、ヴィンセント」迷うことなく尻をつかんだ手を離し、ヴィンセントは結び目をほどいた。タイが床にひらひらと落ちていく。ふたたび肩をつかんで腰を激しく振ろうとしたが、オリヴァーは身をよじらせ、ベッドの上を這うようにして逃れた。ひとつになっていたふたりの体が離れる。その瞬間、オリヴァーは鋭い声をあげた。

急な状況の変化についていけずに、ヴィンセントはぶるぶると頭を振った。オリヴァーが丸まったシーツの上にこちらを向いて膝をつき、ヴィンセントの手首を引いてあお向けに倒れた。重なるように倒れて上になったヴィンセントのうなじに手を回し、開いた両脚のあいだへと誘う。ヴィンセントは自分の体重でオリヴァーに負担をかけまいと、両肘をベッドについた。

オリヴァーは脚をヴィンセントの胴にからめて腰を浮かせ、オイルで潤うみずからの秘部をヴィンセントの欲望で張りつめた先端にあてがった。「来て。このまま突いて。お願いだから」いまにも触れそうなヴィンセントの唇に向かってささやいてくる。

オリヴァーがみずからの下に横たわり、切望に満ちた哀願の声をあげている。新しい体位がヴィンセントの本能に火をつけ、所有欲をかき立てた。新たな感情が腹の底から湧きあがり、暴力的なまでに心を揺さぶる。張りつめたうなり声をあげ、ヴィンセントはきつく締まる秘部にみずからを突き立てて奥深くに進んでいった。オリヴァーの歓喜に満ちたあえぎが聞こえてきた。腰の動きを速め、激しく何度も突きあげる。

「きみは俺のものだ」ヴィンセントはオリヴァーを突きながらほえた。

「そうだよ。きみのものだ」オリヴァーが荒い呼吸で言葉を返す。熱い吐息がヴィンセントの首にかかった。

「二度と他の男に触れさせるな」

「きみだけだよ、ヴィンセント。ぼくが欲しいのはきみだけだ」

オリヴァーが頭を浮かせ、ヴィンセントに唇をぶつけるようにキスをした。舌を差し入れ、飢えたようにむさぼる。ヴィンセントの体に手をめぐらせ、背中、腕、首、顎、尻、そして胸に熱く燃えるような刻印を残していった。すべての感覚が凝縮していき、欲情が無限に高まってヴィンセントを飲みこもうとしていた。

オリヴァーのものがふたりの体のあいだで硬さを取り戻していた。先端がヴィンセントの胴をなで、あふれるしるしが肌を濡らした。もう我慢できそうにない。ヴィンセントは思った。オリヴァーがふたたび絶頂を迎えるまで、とてもではないが自制などしていられないだろう。腰を動かすたびに快感が高まり、もはや引き返せないところまで昇りつめてしまっていた。こんなふうにわれを忘れたことがいままでにあったろうか？　自分でも気がつかないうちに、自制心が指のあいだからすり抜けてしまっていた。

なんとかあと戻りをしようとヴィンセントは首をひねり、キスから逃れようとした。しかし、オリヴァーはしっかりとヴィンセントの体を捕らえて放そうとせず、逆に体を強く密着させてきた。ヴィンセントの首にキスをし、そのまま胸に唇を這わせていく。胸の頂に熱く濡れた唇をあてがい、歯を立ててとがった先端を愛撫した。

ヴィンセントは持てる力をすべてかき集めて腰を動かした。胸のあたりから張りつめたあえぎ声が聞こえてきた。オリヴァーがみずからのものを手で愛撫している。欲望が火となってヴィンセントの下半身を燃やし、とうとう限界を迎えた。先端から爆発するように精を爆ぜさせる。尻が痙攣し、全身に震えとなって広がっていった。

疲れきって肩で息をしながら、ヴィンセントはオリヴァーを抱いたままあお向けに転がった。オリヴァーの体の重みがありありと感じられる。しなやかな腕が肩に回され、すらりとした脚が自分の脚にしっかりとからみついていた。ふたりはベッドの端に横になっており、ヴィンセントの片方のふくらはぎはベッドからはみ出ていた。オリヴァーもふたたび絶頂を迎えていたようだ。オリヴァーの精と自分の汗がまじり合って胸が濡れているのがわかる。だが、それを拭う気にもなれなかった。少なくとも、いまはこのままでいい。

　ヴィンセントは首を回し、肩にうずめられたオリヴァーの頭のてっぺんに唇を触れた。オリヴァーが何をしたというのだろう？　奪うつもりで抱いたのに、からめ取られたのはヴィンセントのほうだった。本当なら落ち着かない気持ちになっていてもおかしくはない。だが、そんな気持ちにはならなかった。それどころか、当然のような気さえする。あまりに圧倒的な絶頂に頭がぼうっとしているだけかもしれない。しかし、ふいに霧が晴れたかのようにすべてが理解できた。自分がオリヴァーを支配しているというのが、そもそも幻想だったのだ。ヴィンセントの意思にみずから従うことにより、オリヴァーがすべてを支配していた。自分はオリヴァーの手の上で踊っていただけだったのだ。

　新たな発見に、ヴィンセントは胸を震わせてくっくっと笑った。それから部屋を見回し、こんどは一転して顔をしかめる。

「ここにはメイドが必要だ」従者は必要ない。他の男がオリヴァーの着替えを手伝うなど、もってのほかだ。

「いらないよ」オリヴァーがすねたような、不思議なほど幼く聞こえる声で不服そうに答えた。

「必要だよ。俺が手配する」オリヴァーが裕福でないのは承知している。ヴィンセントは言った。「明日メイドをよこすから掃除をさせるといい」召使なら家に余るほどいるのだ。ひとりくらい欠けたところで家の仕事に影響があるはずがない。

「メイドなんていいよ。都合の悪いときに居合わせられても困るしね。だいいち、天井のフックは何に使うんですかなんてきかれたら、ぼくはなんと答えればいいんだい？　飾りだなんて白々しいことは言えないよ」

いったいなんの話をしているんだ？「ここの天井にフックなんてないじゃないか」

ヴィンセントの胸でオリヴァーがくすくすと笑った。「これからつけるんだよ。明日、つけようと思っていたところなんだ」

オリヴァーの胴にぴったりと密着していたヴィンセントのものが反応した。「メイドはよそう。きみがここにいれば、どんな部屋だってかまわない」

ベッドの上に肘をつき、オリヴァーが頭をあげて真剣な表情でヴィンセントを見つめた。

「ぼくはいつでもここにいるよ、ヴィンセント。きみのためにね」

オリヴァーの言葉がヴィンセントの頭に響き、やがて全身を満たした。決して返すことのできない借りができてしまった。この親友の勇気がなければ、いつまでも葛藤が続いていたはずだ。目を開けて自分自身を見つめることもなかったし、必要なものがずっとここにあったのだと気づくこともできなかったに違いない。

父の尊敬を得るのは無駄なあがきなのかもしれない。だが、それすらも以前ほど重要ではなくなったような気がした。オリヴァーがいれば、それがすべてなのだ。

ヴィンセントはオリヴァーの落ちかかった髪を指で払って耳にかけた。「俺も同じだ、マースデン。そこで明日の話だが、少し買い物をしてこようと思っているんだ。パドルがあったらいいと思わないか？　木製のパドルで、革を張ったやつだ。どう思う？」

オリヴァーがはっと息を飲み、期待に顔を赤らめた。「はい。お願いします、閣下」

貴族の恋は背徳の陰に

1

一八二二年十月、イングランド、ロンドン

普通の状況であれば、ヴィンセント・プレスコット卿は笑みを浮かべて賭場に足を踏み入れることなどない。ロンドンのチープサイドにある怪しげな賭場であればなおさらだ。

しかし、今夜はそうするだけの理由があった。

ヴィンセントは馬車の中で体を右に傾け、真鍮でできた扉のレバーに手を伸ばしたが、コートのポケットの中の硬いものが腿にあたって動きをとめた。やはり持っていくのは無理があるようだ。召使の中には主人が視界から消えたとたんに馬車の中をあさり、残されたコートのポケットにまで手を入れる者もいる。彼らは信用できない。召使がこの贈り物を見つけて主人がなぜこんなものを持っているのかいぶかるところを想像し、ヴィンセントは落ち着かない気分になった。買ったときにそんな不安をみじんも感じなかったのは妙といえば妙だが、あのときは男性の連れがいたわけではなかった。だが今夜、賭場を出るときには男性の連れがいるのは間違いない。ただの男性ではなく、かつての幼なじみで、

いまはさらに深い関係になっているかけがえのない男性だ。

二十四歳にして、ヴィンセントはたいがいの男性が人生をかけて望むものをすでに手中にしていた。貴族たちからの尊敬、預金のたんまり入った銀行口座、そしてあらゆる欲望に応えてくれる相手との素晴らしい体の関係。しかも、その相手はヴィンセントを愛している。

ヴィンセントはみずからの幸運に笑みを漏らしながらコートを脱ぎ、慎重にたたんで革の座席に置いた。馬車から降り、濃紺の上着の裾を引いて服装を整える。

「一時間ほどかかる。近くにいてくれ」ヴィンセントは御者に指示を伝えた。

十月の夜の闇は濃く、空気は冷たい。ロザラムからロンドンへ通じる道をぬかるみに変えた雨の気配がまだあたりに漂っていた。二週間ですむはずだった予定が三週間に延び、さらに三日かけてロンドンに戻ってきたのだから、疲れきっていて当然だ。実際、ヴィンセントは疲労困憊していた。ここに来るために邸宅を出るまでは。

街灯の下で酔って騒いでいる若者たちの横を通り過ぎ、賭場の中に入っていく。体格のいい用心棒が、ろくに見もせずに頭をひょいと傾けてヴィンセントを通した。玄関ホールに入ると、ヴィンセントは唇を冷笑の形にゆがめた。深紅と濃い紫の敷物に、同じくけばけばしい色使いの壁紙。隅にある安楽椅子は表面のベルベットがすりきれている。紫と赤。

なんと悪趣味な組み合わせだろう。それに露出している金属という金属に金箔が施されているのも最悪だ。シャンデリアに燭台、テーブルから扉の蝶番にいたるまでがぎらぎらと金色に輝いている。ウェストエンドに住む金持ちの紳士たちが訪れる賭場をまねしたつもりなのだろうが、あまりにも派手すぎる。ここは欲の皮を突っ張らせた商人たちが訪れる場所であって、ヴィンセントの趣味にはまるで合わなかった。だがこの〈デネット〉は目立たないし、何よりオリヴァー・マースデン卿の自宅から五分という場所にある。

ヴィンセントは賭けが行われている部屋に入り、長身を生かしてあたりを見回した。勝利の雄叫びと敗北を呪う声とが入り乱れている。客たちの話し声がどっと耳に流れこんできた。カードを切る音やチップがぶつかる音、さいころが転がる音も紛れこんでいる。目当ての人物の姿はすぐに見つかった。百八十八センチのヴィンセントよりも十センチばかり低い身長に細身の体躯。オリヴァーは部屋の真ん中近くに位置するテーブルの脇に、こちらに背を向けて立っていた。ヴィンセントの口もとがゆるむ。本当に四週間ぶりなのだろうか？　まるで四年ぶりのように感じられる。オリヴァーの猫背と伸び放題の濃い茶色の髪に視線を向けたまま、ヴィンセントは客たちのあいだを縫うように進んでいった。

オリヴァーが片方の手をルーレットテーブルのへりに置き、チップを置くために身を乗り出した。腰をかがめた拍子に茶色の上着の裾が持ちあがり、腰が扇情的に突き出される。

ヴィンセントは手をきつく握りしめ、こみあげる衝動をなんとか鎮めた。あの粗末な服をはぎ取り、なめらかで引き締まった体をあらわにしたい。丸い尻を平手で打ちすえ、両手でしっかりとつかみ、そして……。

〝よせ！〟

歯を食いしばり、一気に燃えあがった欲情を打ち捨てる。今夜、オリヴァーと過ごす時間はたっぷりあるのだ。

ヴィンセントは、オリヴァーが真っ直ぐに身を起こすのとほぼ同時に彼の横に立った。

「こんばんは、マースデン」挨拶をして細身の肩を叩く。

通常の礼儀よりも一瞬長く手を肩にとどまらせると、オリヴァーが身を震わせるのが伝わってきた。こうしたオリヴァーの反応は、寝室でもヴィンセントの自意識を際限なく刺激する。だが、一緒に人前にいるときには望ましいものではない。オリヴァーは心配しすぎだと言っている。ヴィンセント・プレスコット卿が男性を抱いていると疑う者などいるはずがないというのだ。それでもヴィンセントは、不安を感じずにはいられなかった。明らかになれば評判はたちまち地に落ちるだろうし、それでなくとも同性愛は法で禁じられている。だから社交クラブの〈ホワイツ〉ではなく、この場所で会うと決めたのだ。

オリヴァーがそわそわと、細いフレームの眼鏡を指で鼻の上に押しあげてからヴィンセントに向き直った。胸につけている翡翠のピンが、頭上の派手なシャンデリアの光を受けてきらりと光った。ヴィンセントが贈ってから六カ月、外出のときには欠かさず身につけているものだ。そのピンを目にするたびに、ヴィンセントの胸は昂揚感に包まれた。このピンにこめられた意味を知っているのはふたりだけだ。そしてヴィンセントにとっては、オリヴァーが誰のものかがはっきりと記されている刻印のようなものでもある。

オリヴァーはヴィンセントのものなのだ。

しかし、そのピンもオリヴァーのタイを真っ直ぐにする役には立っていなかった。いくら教えても、オリヴァーはまともな結び目をつくることができないのだ。ゴーディアンノットにすればいいのに。それならオリヴァーもかろうじて及第点の結び目をつくれる。

「こんばんは、プレスコット。ロザラムはどうだった？」オリヴァーがヴィンセントの領地について尋ねた。もう購入して一年近くになる土地だ。

「まずまずだな」ヴィンセントはポケットからポンド札の束を出し、緑の羅紗が張られたテーブルの上に放り投げた。

「まずまず？」

「わかった、言い直すよ。上々だ」テーブルでルーレットを仕切る胴元がチップを三列、ヴィンセントの前に押し出した。ヴィンセントは指先でチップの列を整え、五枚を取って、テーブルに並ぶ三つの数列のうち三列目のいちばん下に置いた。数列のうちのどれかに的中すれば配当が戻ってくる。比較的リスクの少ない賭けかただ。「例の石炭の鉱脈がうまくいっている」

オリヴァーが濃い茶色の目を細め、ふっくらとした唇を曲げて微笑んだ。「よくやった、プレスコット」

オリヴァーのこの称賛に飽きてしまう日がいつかやってくるのだろうか？

そんなはずはない。絶対に。

胴元が声を張りあげ、テーブルの客に賭けの受付終了を告げた。

「そっちはどうなんだ、マースデン？　きみの祖母も少しは手加減してくれるようになったのか？」

「まさか。訪れるたびに新しい不満を用意しているよ。でも昨日は、珍しくぼくに会って喜んでいるようだった」

「喜ばないはずがないじゃないか。家族で親しくしているのはきみだけなんだ。きみ以外は誰も訪ねてこないんだろう？」オリヴァーはその問いに、気まずそうに肩をすくめただけだった。まったく聖人並みの辛抱強さだ。オリヴァーの祖母にはヴィンセントも何年か前に一度会ったことがある。自分なら、いくらかかってもいいから人を雇って任せておくだろう。「今夜の賭けの調子はどうだ？　運は向いてきたのか？」円盤の中をルーレットの球が走る乾いた音を聞きながら、ヴィンセントは尋ねた。

オリヴァーがため息をついた。「いいや」答えを聞くまでもない。目の前に置かれた寂しいチップの状況がすべてを物語っていた。

「黒の六！」

胴元の声が響き、オリヴァーががっくりと肩を落とした。もともとの猫背を考えれば、どうしてそんなことが可能なのかもわからない。

「どこに賭けたんだ？」

「赤の二十五」

自分の歳に賭けたのか？　ヴィンセントは胴元がよこした十枚のチップを、そのままこんどは二列目のいちばん下に置いた。「一点張り？　他の賭けかたはしていないのか？」

オリヴァーがこくりとうなずいた。

「トランプに移るか？　もっと運頼みでないもののほうがいいかもしれない。きみがそうしたいなら俺が金を出す。付き合うよ」

「いいよ。きみにまで損をさせたくない。それに今夜のきみはルーレットと相性がいいみたいだ。もう少しここにいよう」

そもそも〈デネット〉を待ち合わせの場所として選んだのが失敗だったのかもしれない。オリヴァーは賭け事に向いていないのだ。これ以上けしかけるべきではないだろう。オリヴァーには父親のカムデン侯爵のような、貧困にあえぐ落ちぶれたギャンブラーになってほしくない。侯爵は最近、借金がかさんでロンドンから逃げ出したばかりだった。

オリヴァーが注意を緑の羅紗に戻した。唇をかみ、眉間にしわを寄せて集中した表情をつくり、つぎに賭けるところを熟考している。ヴィンセントはオリヴァーが裕福ではないのをよく知っていた。そっと自分のチップを一列ぶん、オリヴァーの寂しげなチップの隣へと押しやった。〈デネット〉を選んだのは自分だ。オリヴァーが損をしているのなら、償うのは当然のことだろう。

ワインをなみなみとついだグラスを持った大柄な男性が、ヴィンセントの隣に体をねじこんできた。安物のボルドーを上着の袖にかけられてはたまらない。ヴィンセントが体をずらして男性の大きな腹のために場所を空けてやると、反対隣にいるオリヴァーと体が密着した。触れ合った肩から膝にかけてが一瞬にして、炎があがったかのようにほてりだす。首を回せばオリヴァーの濃い茶色のくせ毛が唇をかすめそうなほどに近い。オリヴァーが小さくうなった。たちまちふたりの感覚が同調していく。タバコの匂いがたちこめる中でも、ヴィンセントはオリヴァーの欲情をかぎ取ることができた。オリヴァーがチップの横に置いた手を白くなるまで強く握ってこぶしをつくり、体を揺すって腿をヴィンセントにすりつけてきた。

〝マースデン、自重するんだ〟

ヴィンセントはあわててルーレットのテーブルの周囲を見渡した。さいわい他の客たちは、オリヴァーのズボンの前が張りつめているのに気づいていない。腰がテーブルよりも低い位置にあるので向かい側からは見えないだろうが、それでも横に並んでいる客が、視線を落とした拍子に偶然気づく可能性だってある。それに……。

「プレスコット！」背後でいきなり声がした。

他に注意を向けることができて胸をなでおろし、ヴィンセントは安堵の息をこらえながらオリヴァーから一歩離れた。振り向くと、痩せた金髪の若い紳士が立っていた。

「こんばんは、ウインターズ」

「きみとこんなところで会うとは思わなかったよ」フランク・ウインターズがまだ青年っぽさの残る笑顔で言った。丈の短い真っ赤なシルクのドレスを着て口紅をべっとりと塗りつけた女性と腕を組んでいる。きっと道で拾った娼婦に違いない。ウインターズがグラスを口に持っていき、ヴィンセントの肩越しに彼のうしろを見た。「なるほど、マースデンと一緒だったのか。どうしてあんなやつと付き合うのか気が知れないよ。彼はじきに父親を追って大陸に逃げ出すことになるぞ」

ヴィンセントは相手をにらみつけた。怒りがこみあげて顎の筋肉がぴくりと動く。さして裕福でもない男爵家の青二才が、なんだってオリヴァーの悪口を言えるのだ？　しかも本人がすぐそばにいるというのに。その気取った顔にこぶしを叩きこんでやりたいという圧倒的な衝動が突きあげ、ヴィンセントはわれを忘れそうになった。しかし強靭な意志の力で腕を体の脇におろしたまま、退屈そうにも聞こえる冷淡な声で言った。「きみもジンには気をつけたほうがいい。父上と同じ目にあいたくなかったらな」

ウインターズが琥珀色の目を見開いた。首から頬が真っ赤に染まっていく。たびたび社交の席からつまみ出されている酔いどれの父親の話はお気に召さないらしい。相手が口を開いて何か言おうとした瞬間、ヴィンセントはくるりと背中を向けた。その拍子に、ルーレットのテーブルから離れようとしていたオリヴァーと肩がぶつかった。

ぶつかった肩がかっと熱くなり、ヴィンセントは一瞬そこに気を取られた。彼は戸惑い、茶色の上着を着たオリヴァーの背中が他の客たちのあいだをすり抜けていくのを呆然と見送った。いったいどこへ行こうとしているんだ？

「赤の十四！」胴元が叫んだ。

ヴィンセントは配当をつかみ取った。オリヴァーのあとを追うためにチップを集めようとしたとたん、列が三つに戻っているのに気がついた。ひとつは他のふたつと比べてぞんざいに積まれている。オリヴァーが戻したのだ。厄介なプライドがそうさせたのだろう。こうなったら、オリヴァーの部屋に小銭を少しずつ落としていくしかない。いつも雑然としている部屋だ。何かのときに小銭を見つけても、オリヴァーは自分で落としたと思うだろう。

あたりを見回すと、払い戻し係のところに茶色の髪が見えた。あとに並んでいたふたりの客を無視して列に割りこみ、オリヴァーと肩を並べて立った。「もう行くのか？」オリヴァーの自宅に一刻も早く行きたい気持ちはヴィンセントも同じだ。それ以上かもしれない。だが、なんといっても数週間ぶりなのだ。寝室以外の場所でも一緒に時間を過ごしたいという望みがあった。

「もう今夜の賭けは充分だよ」オリヴァーは金色の格子の向こうから差し出された小銭を受け取り、声を落とした。「ぼくは二時間も待っていたんだ。きみの手紙には八時と書いてあったよ、プレスコット。十時じゃない」

ヴィンセントもチップを係に渡した。「雨で遅くなったんだ。俺だって着替えるのに家に寄っただけで、すぐに出てきたんだぞ」〝そしてきみへの贈り物を取ってきたんだ〟

オリヴァーは何も言わず、ポケットに手を突っこんで自分の靴を見つめていた。

係の者が金貨の枚数を丁寧に数えているあいだに、ヴィンセントは友人に頭をさげた。「すまなかった、マースデン」つぶやくような小声で言う。「手紙を書いたときには、道があんな状況になっているとは知らなかったんだ。今夜ロンドンに戻ってこられたのだって、運がよかったんだよ」

オリヴァーが落ちかかった髪を耳にかけ、横目でヴィンセントを見た。もちろん、ヴィンセントとて故意に遅れたわけではないのだ。天候をどうにかできるはずもない。まさかオリヴァーがそんなことで何か言ってくるとは思わなかった。

オリヴァーが顎を引き、長く濃いまつ毛を伏せた。唇にかすかな笑みを浮かべて、片方の肩をひょいとすくめる。「わかったよ。無事に戻ってこられてよかった」

ヴィンセントは胸をなでおろし、思わず笑みをこぼした。緊張が甘美な予感に変わり、期待が高まっていく。なかなか進まないロンドンに向かう馬車の中でも、オリヴァーとふたりきりになったあとのことをずっと考えていたのだ。「なら、ここを出よう」

オリヴァーがこくりとうなずいた。

差し出された金貨から一枚を係に渡し、ヴィンセントは残りをポケットに突っこんだ。玄関ホールに出て、クローク係のところで足をとめる。「コートはいいのか?」

オリヴァーはとまらずに歩きつづけた。「着てこなかったんだ。今日はきみの馬車で来たのかい、それとも別に馬車を雇った？」

ヴィンセントは大股で歩き、三歩でオリヴァーに追いついた。「俺の馬車だ」いかつい用心棒がふたりのために玄関の扉を開けた。「マースデン、もう十月だぞ。家にコートを置いてくるなんてよくない」オリヴァーはロンドンのどこへ行くにも歩きなのだ。いくら家が市内にあるとはいえ、雨でも降ればかぜをひいてしまうかもしれない。

「きみだって着ていないじゃないか」

オリヴァーにはあとで尻にお仕置きが必要だ。もっとも、この友人のことだから喜ぶだけかもしれないが。「俺のは馬車の中にある。きみとは違って、賭場に入るまで少し歩いただけだ」ヴィンセントは街灯の下で足をとめて手をあげ、何軒か離れた建物のそばで待っている御者に合図を送った。

四頭立ての馬車がすぐにやってきた。「オリヴァー卿の家に行ってくれ」馬車に乗りこみながら、ヴィンセントは御者に告げた。

オリヴァーがヴィンセントの向かいに座ると、ふたりの膝が触れ合った。御者が鞭をふるい、馬車が進みはじめる。通り過ぎる街灯の柔らかな光が真っ暗な馬車の中を照らし、差しこむ光がオリヴァーの表情を照らし出した。眼鏡の奥の長いまつ毛や高い頬骨、わずかに開いた豊かな唇が見える。この唇に自身を愛撫されることなく、よく四週間も平気で過ごしてこられたものだ。

「会いたかった」心情のこもったオリヴァーのささやきが、ヴィンセントの心に新たな刺激をもたらした。

オリヴァーが身を乗り出した。ヴィンセントの隣に移るつもりなのだ。窓のカーテンは閉めていない。ヴィンセントは片方の脚をあげ、オリヴァーの脚の付け根に押しつけてその場にとどまらせた。すぐにオリヴァーはおとなしく従った。座席に座ったまま押さえつけられるに任せ、脚を大きく開いている。ヴィンセントは靴底で、すでに硬くなりはじめているオリヴァーのものをなでた。「俺がいないあいだ、いい子にしていたのか？」厳しい口調で低く尋ねると、オリヴァーの呼吸が荒くなっていった。

オリヴァーが舌を出し、唇をなめた。「はい」

ヴィンセントは脚に力をこめ、オリヴァーの口からうめき声を引き出した。「はい、なんだ？」

「はい、閣下」

「そうか」足でオリヴァーのものをまさぐりながら、ヴィンセントは顎に手をやった。柔らかいウールの下は、すぐオリヴァーのなめらかな肌だ。感触でわかる。オリヴァーはズボンの下に何もはいていない。あとで寝室に行ったとき、脱がせるものが一枚少なくてすむということだ。「本当だろうな？　自分で、手でしていたのか？」答えはわかっている。それでもきかずにはいられなかった。オリヴァーを苦しませるためだ。純粋で強烈な欲望が羞恥心とまじり合ったとき、オリヴァーの感情は高ぶる。それをさらに身をよじらせるまで追いこんでいくのだ。そうするとたがいの期待はいっそう高まり、ふたりのあいだに流れる空気はいっそう濃密になる。肌で感じられそうなほどに。

「その……ぼくは……」

「はいかいいえで答えるんだ、マースデン。俺がいないあいだ、自分で自分を慰めていたのか？」

オリヴァーが腰を浮かせてみずからヴィンセントの足に自身をすりつけ、燃えるような瞳を向けた。「はい」

「どんなふうに？」

「果てるまで、自分で自分を触りました」オリヴァーが早口で言った。閉めきった馬車の中に荒い呼吸音が響く。

「それだけか？　その他にもしたことがあるだろう？」オリヴァーがうなずくと、ヴィンセントはさらに問いかけた。「何をしたんだ？　指を使ったのか、それとも玩具を？」オリヴァーの自宅にはそうした道具がたくさんある。普通の性具に加えてパドルや革の器具なども扱う、ボンド・ストリートにある風変わりな小さな店に匹敵するほどのコレクションだ。その道具をオリヴァーが使うところを見ているのもヴィンセントは好きだった。

街灯の光に照らされたオリヴァーの頬は赤く染まっていた。「両方です」

「同時に？」

オリヴァーの瞳が暗い輝きを帯びた。「い、いいえ」

ヴィンセントはくっくっと笑った。「それは残念だ。こんど試してみたほうがよさそうだな」声を低くして威嚇まじりに告げる。「きみが耐えられるかどうか」泣き声にも似たオリヴァーの声がヴィンセントの胸に突き刺さった。純粋に歓びを求める、素晴らしい反応だ。美しいとしか言いようがない。胸に熱いものが広がり、感覚を刺激する欲望とはまた違う種類の感情がこみあげてきた。ヴィンセントはゆるみそうになる口もとを引き締めて、厳しく無関心な表情を装った。「どう思う、マースデン？」

馬車が揺れていても、懸命にじっとしていようとするオリヴァーの震えが伝わってきた。彼は腿に置いた手をきつく握りしめている。「は、はい。お願いします、閣下」

ヴィンセントの頭に、欲情で裸身を赤く染めているオリヴァーの姿が浮かんだ。脚を開いて膝を胸の位置まであげ、細い張形の横から繊細な指を秘部に突き立てている光景だ。

ヴィンセントはごくりとつばを飲んだ。いつかぜひ試してみなければならない。「だが、また別の日にな。今夜は違うことを考えているんだ」たたんだコートに手を伸ばし、ポケットに忍ばせてある硬くて長い物体を確かめた。オリヴァーの体を満たす方法はいくらでもある。だが、一度にひとつずつだ。ヴィンセントは窓の外に目をやった。「そろそろ着くな。ちゃんと我慢しておくんだぞ」オリヴァーのものにあてたつま先に軽く力をこめ、あげていた足を床の上に戻した。

「もう?」オリヴァーがうなるように言い、首をそらして両手で髪をかきむしった。ぼさぼさの髪がさらに乱れてくしゃくしゃになる。「くそっ、やっぱりコートを持ってくればよかった。外に出るとき隠せたのに」不快でたまらないとでも言うように長く息をつく。それからオリヴァーは両脚を大きく開き、欲情を冷ますためにズボンの上から思いきり急所を握りしめて引っぱった。食いしばった歯のあいだからつらそうな声が漏れる。

〝いまのは痛そうだな〟それもいい意味でではない。「そのとおりだよ」ヴィンセントはくすくすと笑い、コートを着てボタンをとめた。たしかにコートは欲情しきったものを隠してくれる。

見慣れた三階建ての建物の前で、馬車が速度を落とした。独身者の住宅というよりも下宿屋のように見える。ヴィンセントは正面の入り口へと続く石の階段につけられた鉄製の手すりには目もくれず、最上階にあるふたつの窓に意識を集中させた。あと何分かすれば、あそこにたどりつく。あそこまで行けば周囲の目を気にすることなく、オリヴァーを自分のものにできるのだ。

ふたりで部屋の前に立ち、オリヴァーが真鍮のドアノブに手を伸ばしてドアを開けようとしたとき、ヴィンセントはその腕に手を置いて彼を制した。ほとんど黒に近い茶色の瞳に疑問を浮かべ、オリヴァーが見つめ返してくる。その顔に落ちかかったひと筋の髪を耳にかけると、ヴィンセントはささやいた。「俺も会いたかった」ウインクをして言葉を続ける。「さあ、さっさと入るんだ。たっぷりかわいがってやる」

2

オリヴァーは荒く息をしてきつく目を閉じた。ヴィンセントの言う〝やること〟とはつまり、自分が欲望に身を震わせるまで責められることを意味していた。四週間も恋人と引き離されたオリヴァーの感覚は、まるで最高の贈り物を受け入れるかのように貪欲にその責めを味わい、さらにそれ以上を求めていた。このまま続けられたら、ヴィンセントを受け入れる前に果ててしまうだろう。

「お願いです、閣下」

ヴィンセントの低い笑い声が響いた。オイルに濡れたオリヴァーの尻の中心の線にヴィンセントは指を走らせ、秘部のほんの少し上でとめる。それからゆっくりと指を動かして秘部をそっとまさぐった。オリヴァーの肌がうずき、秘部の入り口が意思を持っているかのように、ヴィンセントの指を求めて弛緩した。指先がわずかに入ってくる。そのかすかな感触がオリヴァーに歓びをもたらした。

こみあげる快感にうめき声をあげる。こんどは秘部がさらなる快感を求めてヴィンセントの指を締めつけた。ふたりが寝室に入ってからまだ十五分もたっていない。しかし、オリヴァーには甘い責め苦が一時間も続いているように感じられた。ようやくヴィンセントが、約束された至高の快感の一端を垣間見せてくれたところだ。

まだ足りない。オリヴァーは思わず腰を突き出し、危うくバランスを崩しそうになった。ベッドからすべり落ちそうになるところを腿に力を入れてなんとか持ちこたえた。ヴィンセントに命じられるままに服を脱ぎ、ベッドの端に両膝をついて脛から先は宙に浮かせている。胸をマットレスに押しつけ、尻を突き出してあられもない姿をさらしていた。背中で手首を手錠につながれているのに加えて、こう不自由な体勢では動くこともままならない。

大きな手がオリヴァーの腰をつかんで支えた。「動くな。俺が与えるもので感謝すればそれでいい」

オリヴァーの息が震えた。ヴィンセントのきつい命令口調がさらに興奮をかき立てる。

「はい、閣下」

「いい子だ」ヴィンセントがふたたびオリヴァーをもてあそびはじめた。人差し指を尻の中心に沿ってゆっくりと上下に走らせて繊細な愛撫を加え、オリヴァーの切望をつのらせていく。ナイフの上に立たされているようなせっぱつまった感覚が続き、張りつめた神経がヴィンセントのつぎの動きを予測して欲望をどんどん昂ぶらせていった。先が読めないままに待つという行為が、興奮を極限まで高めるのだ。オリヴァーはこの感覚のとりこになってしまっていた。

ヴィンセントの指がまたしても秘部を通り過ぎていき、オリヴァーはきつくこぶしを握りしめた。両脚のあいだで捨て置かれたものが張りつめたまま、解放を求めて悲鳴をあげている。もう一度ヴィンセントが指を走らせたとき、自分でも意識しないままに思わず腰を浮かせ、尻を持ちあげていた。偶然でもなんでもいい、とにかくヴィンセントに触れてほしくてたまらなかった。

お仕置きにヴィンセントがオリヴァーの左の尻をぴしりと鋭く打った。火花が散るように痛みが走り、自身から胴へと刺激が突き抜けていく。痛みと快感が入りまじった感覚にオリヴァーは唇をかみ、声を漏らした。

「気に入ったか？」ヴィンセントが傲慢な問いを発する。

「はい」

「もっとしてほしいのか？」

「はい」

「何を？　これか？」ヴィンセントがいきなり指をオリヴァーの秘部に侵入させ、すぐに引き抜いた。動きが速すぎて実感する間もなかった。切望がさらに鋭くなってオリヴァーに襲いかかる。「それともこれか？」またしても尻に火花が散った。オリヴァーはまともに息もできずに喉を震わせた。きつく張りつめたものから欲情がしずくとなって流れ出す。

「それとも他に欲しいものがあるのか？　あるなら言ってみろ」

心からの真実が口から漏れていく。「あなたです。ぜんぶ。あなたのすべてが欲しい」

ヴィンセントがくすくすと笑い、打ったところを癒やすようにオリヴァーの尻を優しくさすった。「我慢が肝心だ、マースデン」

立ちあがったヴィンセントのウールのズボンが、オリヴァーの素足に触れた。靴が床を踏みしめる音が部屋に響く。ごわごわするブランケットに頬をすりつけるようにして、オリヴァーは顔を左に向けた。落ちかかった髪の毛越しに、目を細めてヴィンセントを見ようとする。眼鏡があればはっきりと見えるのに、そうはいかないのがもどかしい。ヴィンセントは寝室の隅にある木の椅子のかたわらに立っている。その背にかけてあるコートのポケットに手を入れているようだ。

長身で、肩幅が広くがっしりとしている。ヴィンセント・プレスコット卿はまさに〝美丈夫〟の典型だ。特別な関係になって六カ月になるが、オリヴァーはいまでもヴィンセントが自分を選んだことが信じられなかった。ここに来てすぐコートと濃紺の上着を脱いだものの、ヴィンセントはそれ以外の服を着たままだ。タイすらもはずしていない。最後にオリヴァーを抱くまで、まだやることが残っているのだ。

待っているあいだ、オリヴァーはベッドの上でわずかに身を動かした。膝をずらして体勢を安定させようとしたとたん、古いベッドがきしんでかすかに音を立てた。

「マースデン」ヴィンセントが警告の声をあげる。

ハンサムで頭がよくて裕福。そのうえ耳までいいなんて不公平な気がする。

ヴィンセントが椅子から離れ、ベッドの脇に戻ってきた。オリヴァーの目にかかった髪を軽く払って耳にかける。その仕草がオリヴァーの胸を締めつけた。こんなにも強いのに、これほどまでに優しく繊細に触れることができるなんて。一瞬オリヴァーは、ヴィンセントの愛を感じたような気がした。

もう片方の手を差し出してヴィンセントが言った。「贈り物だ。きみのコレクションに」

翡翠でできた張形だった。ヴィンセントは大金を費やしたに違いない。賭場にコートを着てこなかった理由もわかった。磨きこまれた緑色の石が、ろうそくの光を受けて輝く。張形には等間隔で四つの隆起が施されていた。長さも太さもおそらくは男性の平均的な大きさに比べればひと回りほど小さいだろう。ヴィンセントは自分よりも小さな器具を好んで使いたがるのだ。だがオリヴァーは、どんな器具よりもヴィンセントが好きだ。それにこの数週間、張形や指でみずからを慰めてきたのだから、今夜は本物の男性を感じたかった。とはいっても、快感を約束している張形の隆起もまた魅力的なことに変わりはない。期待が高まって秘部が収縮した。「ありがとう、ヴィンセント」

ヴィンセントが引き締まった唇の端を微笑みとはいかない程度に持ちあげた。そのままオリヴァーのうしろに戻る。「立つんだ」

肩に手をかけ、ヴィンセントはやすやすとオリヴァーの上体をベッドから起こした。膝立ちになり、勢いあまって反り返りそうになったオリヴァーは、思わず拘束されていた手を使おうとしたが、できるはずもなかった。一瞬、背中がなめらかなシルクのベストに触れ、そこからヴィンセントの体のほてりが伝わってきた。

「大丈夫だ」ヴィンセントがささやいた。彼は片方の手をオリヴァーの腰に回して、広い胸で支えている。薬指の先端がオリヴァーの下腹部の茂みにわずかに触れ、顎をオリヴァーの肩にのせている。ヴィンセントの熱い吐息に耳をくすぐられ、オリヴァーの背すじに震えが走った。

オリヴァーが首を回して唇を重ねようとするよりも早く、ヴィンセントが翡翠の張形を彼の口もとにあてがった。オリヴァーはすぐに口を開いて張形を受け入れた。

「そうだ。たっぷり濡らすといい。こいつがどこへおさまるかはわかっているんだろう?」

オリヴァーは素早く、小刻みにうなずいた。自分の想像が正しいことを祈る。ただ口でなめるだけで終わってしまったら、それこそ残酷だ。ヴィンセントはいつもオリヴァーを限界まで追いやる。縛り、叩き、鞭で打ちもするが、残酷なことは絶対にしない。

「そのきつく締まる尻でこいつを受け入れるんだ」ヴィンセントがうなりに近い声で言った。

オリヴァーはせつなく泣いた。せっぱつまった、みだらな声が出るのをとめられない。だがそんなことはもうどうでもよかった。ヴィンセントが口に出し入れを繰り返す張形に、可能なかぎりに唾液をすりつける。

腹部に置かれた大きな手が胸へと移っていった。二本の指がオリヴァーの胸の先端に触れ、強くつまむ。甘美な痛みが胸に広がっていった。ヴィンセントがひねりを加えると、オリヴァーの欲望がさらにつのった。自身がいっそう張りつめて、胴に触れるほどにいきり立つ。ヴィンセントに触れたくてたまらない。オリヴァーは懸命に指を伸ばし、ズボンの中で雄々しく屹立するヴィンセントの欲望の象徴を探りあてた。真っ直ぐに上を向いている彼のものに指を走らせると、口に含んで熱を感じ、ヴィンセントを味わいたいという切望がこみあげてきた。ヴィンセントがはっと息を飲む。彼もうわべほど冷静ではないのだ。腰を動かし、下腹部を押しつけてくる。オリヴァーは不自由な手が許すかぎりの愛撫を加えた。そのあいだもヴィンセントはオリヴァーの胸をひねりあげ、口の張形を動かしつづけていた。

「いいだろう」ヴィンセントがオリヴァーの口から張形を抜いた。「突き出すんだ」ぶっきらぼうな口調とは裏腹に、優しい手つきでオリヴァーをかがませ、肩をマットレスに触れさせる。

オリヴァーの背すじに片方の手をすべらせ、尻をつかむ。唾液に濡れた硬い先端が入り口に押しあてられた。オリヴァーは力を抜き、ヴィンセントが突き入れる張形を受け入れた。〝ひとつ、ふたつ、みっつ……〟目をきつく閉じ、隆起が秘部に侵入するたびに加わる圧迫感を数えていく。〝よっつ〟張形が完全におさまると、オリヴァーは悦楽の声をあげた。体を満たされ、秘部を刺激される快感がこみあげる。

「しっかり受け入れろ」ヴィンセントが張形の持ち手を叩くと、秘部の入り口に伝わる振動がオリヴァーをもてあそんだ。

オリヴァーは、硬い翡翠の張形を締めつけるように秘部に力をこめた。

「美しい」ヴィンセントは広がったオリヴァーの秘部に指を這わせた。「尻に張形を受け入れている自分がどれだけみだらに見えるか、わかっているのか？　こうするのが好きなんだろう？　言うんだ」

「はい。ああっ……はい、好きです」秘部を引き締めているオリヴァーの体がぶるぶると震えはじめた。「お願いです。動かしてください。お願いします」こみあげる欲望があまりにも強烈で、オリヴァーは自分が何を言っているのかすらよくわからなかった。

背後でヴィンセントが悪態をついた。服がこすれる音が聞こえてくる。ベストとシャツを脱ぎ捨てているのだ。リネンがこすれる音と近づいてくる足音、そしてヴィンセントの呼吸音がいっしょくたにオリヴァーの耳に飛びこんできた。その性的な響きが欲情をさらに高めていく。

荒く鋭く息をしながら、ヴィンセントがオリヴァーの尻をつかんだ。ふたりの呼吸が同調していく。ヴィンセントが張形の持ち手をつかみ、オリヴァーは秘部の力を抜いた。体から出ていく隆起の数を心の中で数える。〝ひとつ、ふたつ、みっつ、よっつ〟先端が体から離れた。

オリヴァーは目を見開いて訴えた。「だめ、やめないで。もっと。お願いです」

その渇望にヴィンセントが応えた。長い指を尻に食いこませて秘部を開き、張形をふたたび侵入させていく。音楽のような律動で、奥深くまで突き入れては抜くという動作を繰り返した。オリヴァーにはそのすべての突きが、今夜最初のひと突きのように感じられた。秘部を大きく押し広げられ、体をいっぱいに満たされる甘美な感覚が、寄せては返す波のように際限なく繰り返される。額をマットレスに押しつけ、もっとと懇願しながら、腰が動いてしまわないように懸命に耐えつづける。ヴィンセントが与えてくれるものを受け入れるのだ。

自身が痛みをともなうほどに張りつめて硬くなっていた。せっぱつまった、けだるい快感の予感が背すじを伝っていく。汗が噴き出し、腰で固定された両手のこぶしを濡らしていく。全身の神経が解放を求めて震え、筋肉という筋肉が絶頂に備えてこわばっていた。

「もっとか？」ヴィンセントが大きな声で言った。

「はい。もっと。お願いです」

「これだけでいいのか？」ヴィンセントが翡翠の張形を荒々しく突き入れ、すぐに引き抜いた。

「お願い……本物を……本物をください。本物が欲しいです」オリヴァーはせつなく訴えた。必死などという言葉では言い表せないほどの渇望がこみあげている。

「よし。これだな？」

「ああっ！」ヴィンセントの大きな先端に秘部を限界まで押し広げられ、オリヴァーは叫び声をあげた。どんどんと奥深くにヴィンセントが侵入してくる。確信的なひと突きがオリヴァーの体を満たしていった。全身が焼けつくようにほてりだし、汗が一気に髪を濡らしていく。快感と痛みが荒々しくまじり合い、たちまち感覚を支配する。夢にまで見たヴィンセントのひと突きに、オリヴァーは絶頂の瀬戸際までのぼりつめた。

ヴィンセントがうなり声をあげながらオリヴァーの腰をつかみ、胴と尻が触れるまで奥に入ってきた。張りつめた快感はあまりにも大きく、オリヴァーは息もできないほどだった。まるで喉まで届きそうだ。やがてヴィンセントは大きく腰を引き、こんどは繰り返しオリヴァーを貫きはじめた。

「ああ……そう……」オリヴァーはあえいだ。「もっと」

ヴィンセントがオリヴァーの尻を叩く音が部屋に響いた。鋭い痛みが火花のように散り、快感に変わって全身に広がっていく。「そうだ。もっと欲しいと言え。何が欲しいか言うんだ」

「もっと突いて。もっと。お願い！」

「こうか？」ヴィンセントはオリヴァーの腕をつかんで上体を起こすと、激しく腰を動かした。オリヴァーの秘部の奥深く、敏感な部分を突き立てる。

オリヴァーは圧倒的な快感に飲みこまれて首をそらして叫び、こらえきれずについに絶頂を迎えた。背すじを強烈な快感が突き抜け、精が自身からほとばしった。恋人の力強い腰の動きに同調するかのように、体がびくびくと痙攣した。

「そうだ。のぼりつめるんだ。もっと締めつけろ」ヴィンセントが荒々しく腰を打ちつけてくる。その動きがいっそう激しさを増していった。

オリヴァーは上を向き、酸素を求めてあえいだ。強烈な絶頂に感覚がすっかり支配されてしまっていた。秘部に痛みがあっても、もっともっとと繰り返し哀願することしかできない。先端を濡らしてまだ硬直したままのものが、ひと突きごとに自分の胴にあたる。すべてを放ってしまってもなお、快感を求めているようだ。ヴィンセントのすべてを欲しているのと同時に、すべてを与えたいという感情がこみあげる。四週間も会えなかったのだ。終わりになどしたくない。まだ。この先もずっと。

ヴィンセントの息づかいが徐々に短く、大きく、そして荒くなっていった。その呼吸に合わせるように、オリヴァーの尻を叩きつづける。やがてヴィンセントは大きな体を震わせ、オリヴァーの中に熱い精を爆ぜさせた。

ヴィンセントがオリヴァーとひとつになったまま、うしろから手を回し、汗で濡れた胸にオリヴァーをかき抱いた。力強い抱擁が血管の中を駆けめぐっていた狂おしいまでの欲望を静め、けだるい充足感をもたらす。オリヴァーはゆっくりと目を閉じ、頭をヴィンセントの肩にもたせかけた。このまま永遠にこうしていられたらどんなにいいだろう。ヴィンセントに抱かれ、ひとつにつながっていたい。

ふたりはしばらくそのまま動かなかった。静寂の中、激しい息づかいだけが部屋に響く。ヴィンセントの唇がオリヴァーの耳をなぞった。オリヴァーは首を回してその唇を求めた。恋人が口づけをしてくる。オリヴァーは甘えるようになり、恋人の唇のあいだに舌を差し入れた。ヴィンセントの甘く熱い口の感触がしみこむように伝わってくる。めまいとともに欲望がふたたび首をもたげ、オリヴァーはヴィンセントの手首をつかんで彼の胸に背中をすりつけた。愛する男性にもっと近づきたい。もっとヴィンセントに愛してほしい。革の手錠が恨めしい。ヴィンセントの体に腕を回し、指を髪にからませ、しっかりと抱き寄せたかった。そうすれば、もっと激しいキスだってできるのに。

オリヴァーの願いもむなしく、ヴィンセントが唇を離した。彼のまぶたは重そうで、澄んだ青い瞳は欲望を満たしたせいか、わずかにかすんでいる。ヴィンセントは唇の端にかすかな笑みを浮かべて言った。「さあ、ほどこう」低い、深みのある声がオリヴァーの濡れた唇をかすめた。

ヴィンセントはオリヴァーに回した腕に力をこめ、それから手錠をはずしにかかった。硬さを失ったヴィンセントのものが秘部から離れる。オリヴァーは抗議を飲みこんで膝を踏ん張り、倒れこんでしまわないようにバランスを取った。ヴィンセントがオリヴァーを拘束していた器具をはずしてベッドの脇に放ると、革の手錠が木の床にぶつかって音を立てた。汗にまみれたオリヴァーの手首と腕を、ヴィンセントが優しくさすり、ほぐしていく。

「楽になったか？」ヴィンセントがオリヴァーの鎖骨にキスをした。

「うん」オリヴァーはため息をついて肩を回し、こわばった関節を動かした。ブランケットの濡れてしまった部分を避け、ヴィンセントが投げた翡翠の張形を押しのけてベッドに横たわる。汗でべたつくので、本当ならすぐに身を清めたほうがいいのかもしれない。だが疲れきっていて、そうする気にはどうしてもなれなかった。「こっちへ来て」かろうじて手招きをしてつぶやく。疲労が頂点に達し、本当にそれが精一杯だった。

ヴィンセントがマットレスを沈ませながらベッドを這い、オリヴァーに近づいた。それほど大きなベッドではない。ふたり並んで横たわるのがやっとの大きさだ。オリヴァーを隣に抱き寄せ、ヴィンセントがあお向けに横になった。オリヴァーは身をかぶせるようにすり寄っていき、脚をからませて腕をヴィンセントの広い胸板に置いた。頬にヴィンセントの心臓の鼓動が感じられる。とくん、とくん、とくん。

この世界に存在するのは力強く雄々しいこの鼓動と、酔いをもたらす汗と肌の芳香、そして背中に回された大きな手の優しい感触だけだ。

〝愛してる〟

オリヴァーはなんとか思いを言葉にしようとしたが、あまりの疲労に口が言うことを聞かなかった。

ヴィンセントに手首をつかまれた。それほど強い力ではない。しかし、彼を現実に引き戻し、重いまぶたを開けさせるには充分な強さだ。ヴィンセントはオリヴァーの手を胸からおろし、体をずらして起きあがった。足を脇におろしてベッドの端に座り、そのまま立ちあがると、床に散乱する服を避けながら洗面台まで歩いていった。

暖炉の火が部屋を充分にあたためているので、立てつけの悪い窓からの冷気も入ってこない。それでもオリヴァーは、ヴィンセントの体のあたたかみが失われてしまったのをありありと感じていた。

ヴィンセントが白い洗面器に布を浸してしぼっている。水がはねる音が聞こえてきた。胸を拭うとヴィンセントの背中の筋肉が隆起した。水が冷たいのだろう。脚のあいだや下腹部を清めるときには尻の筋肉が引き締まった。ヴィンセントの家とは違って、ここには召使がいない。体を清める水をあたためたり、ごみを捨てたり、掃除をする者は誰もいないのだ。

オリヴァーはふたたび目を閉じた。ヴィンセントが部屋を動き回る音が聞こえる。床を踏む足音をひとつ耳にするたびに、心の緊張が高まっていく。完璧に満たされた幸福なひとときが少しずつ削られていくようだ。

いくら目をつぶっても現実からは逃れられない。オリヴァーは目をこじ開けた。

ヴィンセントはオリヴァーに背を向け、ベッドのそばの床からベストを拾いあげるところだった。ズボンにつけられたサスペンダーが伸び、白いシャツの背でぴんと張っていた。

オリヴァーの胃が締めつけられた。「どこへ行くんだい？」ばかな質問なのは自分でもわかっている。ヴィンセントがここで夜を過ごすなどあり得ない。これまでもそうだった。

「家だよ」ヴィンセントはあっさりと答え、クリーム色のシルクのベストをつけた。

オリヴァーはベッドの上で身を起こし、足を組んで座った。そばのテーブルに置いてあった眼鏡をかける。萎えたものを片方の手で隠し、空いた方の手でしわの寄ったシーツをつまんでもてあそんだ。ベッドに座り、ヴィンセントが出ていく準備をするのを眺めているのは最悪の気分だ。惨めだし、まるで自分が恋に身を焦がす愚か者になったような気がする。「泊まればいいのに」そして気がつけば、こんどはまさにそんな愚か者の台詞を吐いている。

ヴィンセントはオリヴァーの情けない哀れなひとことに、タイを結ぶ手をとめるそぶりすら見せなかった。「馬車が待っているんだ」

「家に帰せばいい。朝になったら別の馬車を呼べばいいじゃないか。ひと月近く会っていなかったんだよ、ヴィンセント」〝ぼくをひとりにしないで〟

「朝までここにいるわけにはいかないよ。建物の住人が気づいて、俺がなぜ泊まったのか不審に思うかもしれない。どのみち、明日は朝早くに銀行の人間と会わなきゃいけないしな」

それはそうだろう。ヴィンセントがその手の約束を忘れるはずがない。忙しい身だし、責任も多く抱えているのだ。オリヴァーごときを優先させるのは天が許さない。

ヴィンセントが洗面台の鏡をのぞきこみ、タイを結んでいく。器用に指を動かして何度かタイを引っぱると、完璧な結び目ができあがった。「ところでだ。きみは俺に投資を任せたほうがいい」

オリヴァーはかぶりを振った。「自分の金くらい、自分で管理できるよ」

「もっといい配当が手に入れられるはずだ。ここからだって出ていけるかもしれない」ヴィンセントが櫛で部屋の中を示した。がたつく窓を覆うすりきれた茶色のベルベットのカーテンに、小さな古いベッド。みすぼらしい寝室だ。そのまま彼は櫛を頭に持っていき、きちんと刈りこまれた黒髪を整えはじめた。

ヴィンセントはオリヴァーを抱くためにこのあばら家に我慢している。オリヴァーは唇をかみ、口から出そうになる反論を飲みこんだ。たしかにヴィンセントの投資はうまくいっている。得られる配当も相当なものなのだろう。だがオリヴァーは、自分の金を、相場やさらに危険の高い商売につぎこむ気にはどうしてもなれなかった。ヴィンセントと違い、自分には裕福な父親がうしろに控えているわけではないのだ。ヴィンセントの父は次男を無視し、セー・アンド・シール侯爵の爵位を継ぐ長男ばかりに目をかけている。だが、下の息子を路頭に迷わせるようなことは絶対にない。ヴィンセントが自分の土地と財産を持つようになったいまでも、父親が定期的に次男に相当な金を渡しているのは間違いなかった。一方のオリヴァーはといえば、数年前に母が亡くなったときに残してくれたわずかな遺産があるだけだ。これを失えば、文字どおり無一文になってしまう。必然的に使える金は少ないが、できるかぎり無駄使いをしなければなんとか生きてはいける。馬車やメイドを雇ったり、メイフェアに白亜の豪邸を買ったりしなければいいだけの話だ。

「ぼくだって貧民区のおんぼろ小屋に住んでいるわけじゃないさ」オリヴァーは言い訳でもするような口調で言った。

ヴィンセントは上着の最後のボタンをとめるところだった。「そうむきになるなよ、マースデン。きみを助けたいだけだ」オリヴァーが口を開きかけると、ヴィンセントは手をあげて言葉を制した。「わかってるよ。きみは自分の面倒は自分で見られる男だ」

〝わかり合えてよかったよ〟オリヴァーは口から出そうになった皮肉を飲みこみ、髪をかきあげて耳にかけた。いらだちをなんとか心の隅に追いやる。ヴィンセントと口論などしたくはない。あと何分かで出ていってしまうとなればなおさらだ。

ヴィンセントが部屋を横切り、ベッド脇のテーブルの上のくすんだ銀の皿から金の懐中時計を取りあげた。目が覚めるような真っ白のタイにぴかぴかに磨かれた靴。どこから見ても立派な青年貴族というでたちだ。ひと目見ただけでは、同性愛者だなどと誰も思わないだろう。オリヴァーはほれぼれする思いでヴィンセントの顔を見つめた。通った鼻すじにきちんと整えられた髪。時計のチェーンをベストにとめるとき、黒い眉がかすかに動いた。賭場に来る前に剃ってきたのだろう、顎には髭などみじんも見られない。

「愛してる」オリヴァーはつぶやいた。

ヴィンセントが微笑んだ。青い瞳は優しさに満ちた輝きを放っている。オリヴァーは心臓が口から飛び出しそうになった。ヴィンセントが決して口にしない言葉を求めて、心が悲鳴をあげている。一度でいい。たった一度でいいからヴィンセントの口からその言葉を聞きたかった。たとえ本心からでなくてもかまわない。一度耳にして記憶に焼きつければ、ひとりで眠る夜にも何度でも頭で繰り返せる。それがヴィンセントの本心から出たものだと自分に言い聞かせながら。

オリヴァーの顎にヴィンセントの手が触れた。目を閉じてヴィンセントの手にみずからをゆだねると、新たな欲望が芽生えてオリヴァーの体が震えた。ヴィンセントが軽いキスをした。唇がかすかに触れ合う程度の、本当に軽いキスだ。そして、大きな手がオリヴァーの顎から遠ざかっていった。

「明日は夕食を持ってくるよ。八時でいいかな？」

オリヴァーは唇を結んでうなずいた。

「ゆっくり休めよ。また明日な」

寝室から出ていくヴィンセントから目が離せない。コートを手にしたヴィンセントがうしろ手にドアを閉めた。応接室を横切る足音に耳を澄ます。やがて玄関のドアが閉まる音が聞こえてきた。

「なぜぼくを愛してくれないんだ？」ヴィンセントがいるときには絶対に口に出せない問いをオリヴァーは発した。それは決して手にできないものを強烈に自覚させる、みずからに対するあざけりの言葉でもあった。

オリヴァーは眼鏡をテーブルに投げ、両手でごしごしと目をこすった。惨めな気持ちとこみあげる涙を抑えるためだ。それから両手で顔を覆った。

〝くそっ、なんて惨めなんだ〟枕を叩き、ベッドに身を投げ出した。どうしてこんなにも自分を苦しめるようなまねをしてしまうのだろう？　ヴィンセントは一緒にいてくれる。

それで満足すべきなのに。ヴィンセントとキスができるなら何を失ってもかまわないとすら思っていたのはわずか一年前の話だし、それまでも長いあいだヴィンセントへの愛情を押し隠し、ただの友人として振る舞ってきたのだ。道で偶然出会っても、〈ホワイツ〉でともにグラスを傾けても、本心をひたすら押し殺して幼なじみを演じてきた。

しかしヴィンセントが娼館を訪れ、娼婦ではなく男娼を抱いているとわかってから、すべてが変わってしまった。いまやヴィンセントはオリヴァーを手に入れ、もうあの場所を訪れる必要はなくなった。

そもそもあの運命の夜、娼館で相手を務めたのが自分だったと打ち明けた時点で、ヴィンセントに背を向けられなかっただけでも信じられないほどの幸運なのだ。気まずい口論もしなければならなかったが、結果としてヴィンセントと特別な関係になれたわけだし、少なくとも失いはしなかった。

オリヴァーは大きくため息をついた。ヴィンセントは自分が同性愛者だという事実をまだうまく受け入れられずにいる。ヴィンセントは昔からなんにでも秀でていた。それだけに、己の欲望を欠点だと感じてきたのだ。それに六カ月前、ヴィンセントの心まで欲しいわけではないと言ったのは自分だったはずだ。あのときには、体の関係とただの好意以上のものは望まないという覚悟ができていた。

けれど、あれからもう六カ月がたった。ヴィンセントが新しい自分に慣れるには充分な時間だ。いまでは自分が同性愛者だという自覚もあるに違いないし、自分自身を受け入れ、オリヴァーに対して心を開く準備もできているはずだ。

それに加えて他の問題もあった。

オリヴァーはヴィンセントに従うのが好きだ。愛する男性に身を任せることに喜びを感じている。しかし、ヴィンセントはベッドでは決して一線を踏み越えようとしない。完全に相手と打ち解け、すべてを任せようとはしないのだ。

あと少し我慢すればいい。オリヴァーはずっとそう思って耐えてきた。そうすることで、心の中の願望をなんとかなだめてきたのだ。それでも、ヴィンセントが愛してくれないという事実はオリヴァーの心をひどく傷つけていた。

ヴィンセントと一緒にいられればいい。そばにいて深く息を吸い、ヴィンセントの香りを実感できればそれでいいはずなのだ。

こちらが望み、ヴィンセントにも望まれればそれでいい。

だが、つのる疑問もある。ふたりの望みが重なる日は本当に来るのだろうか？

〝よせ〟オリヴァーは頭の中で叫んで転がった。このまま考えつづけていたら、眠れなくなってしまう。ブランケットを胸まで引きあげ、眠りが訪れるように頭から思考を追い出した。ヴィンセントが最初の予定より一週間長くロザラムに滞在したことも、賭場に二時間遅れてやってきながらオリヴァーが指摘するまで謝らなかったことも、考えてはいけない。ヴィンセントが置いている微妙な距離のこともだ。

いまやオリヴァーは、その微妙な距離をとてつもなく大きな溝のように感じていた。

3

オリヴァーは音を立てないように、シェークスピアの『ロミオとジュリエット』の革表紙をそっと閉じた。息をひそめて椅子の横にある小さなテーブルに本を置き、ゆっくりと立ちあがる。

「ここにいたくないならはっきりそう言えばいいじゃないか。出来の悪い泥棒みたいにこそこそ逃げることなんてないんだよ」

やれやれ。オリヴァーは椅子に座り直した。「ごめん。眠ったかと思ったんだ。起こしたくなかっただけだよ」

「眠ってなんかいないさ」

そのようだ。オリヴァーは目を回したくなるのをこらえた。医者の話だと、祖母は高齢のせいで視力が相当落ちているらしい。だがオリヴァーはその話を信じていなかった。どう考えても、祖母は何ひとつ見逃していないとしか思えない。彼はもう一度本を手に取った。「続きを読もうか?」

祖母がしわだらけの小さな手を振ると、ガウンの袖の細かいレースがひらひらと揺れた。

「いいえ。おまえだってもうたくさんだと思っているんだろう?」

オリヴァーはため息をついた。「まさか。そんなことはないよ」

窓から午後の陽射しが差しこみ、白髪まじりの祖母の髪を輝かせていた。いくつも背中に積みあげた枕に寄りかかり、象牙色の上掛けで体を腰まで覆っている。小さくていまにも壊れてしまいそうな老人だが、オリヴァーの祖母はその外見に似つかわしくない鋭い舌鋒の持ち主でもある。十年ほど前に起きた馬車の事故のせいで寝たきりとなり、大きな四本の柱がついたこのベッドに縛りつけられた人生を余儀なくされたのだ。もしオリヴァーがいなければ、ふたりの召使以外の人間と顔を合わせることもほとんどないだろう。たしかに一緒にいて心が躍るような人物ではなかったが、それでも祖母には変わりがないし、オリヴァーは彼女を愛していた。

祖母が顔をしかめ、腿の上に置いた箱からスコーンを取ってひと口かじった。ひょっとするとオリヴァーを部屋にあげるのは、手みやげの甘いものが目当てなだけなのかもしれない。

「紅茶のおかわりは?」オリヴァーはきいた。

「もう三杯も飲ませただろう。いいかげんにしておくれ」祖母はスコーンをたいらげ、箱のふたを閉じた。

祖母が箱の赤いリボンを結び直しているあいだ、オリヴァーは辛抱強くじっと座っていた。手伝いなど申し出たら、それこそ何を言われるかわかったものではない。

リボンを結び終えると、祖母はベッド脇にあるテーブルに山積みになった本の上に箱をのせた。『オセロ』『真夏の夜の夢』『マクベス』、オリヴァーはそのすべてを諳《そら》んずることができる。上掛けを整えると、祖母がふたたび注意をオリヴァーに戻した。「いつになったら結婚するつもりなんだい？」

ピンクの花柄の椅子の中で、オリヴァーはそわそわと身をよじった。どうしていまさらそんなことを尋ねるのだろう？　理由を言わずにうまく言い逃れなければならない。オリヴァーはタイをとめている翡翠のピンに手をやった。この体も心もヴィンセントのものなのだ。他の誰かと一緒になるなど想像もできない。

「ラドフォードが結婚して子どもだっている。跡継ぎのことなら心配いらないよ」オリヴァーはラドフォード伯爵を名乗る兄の名前を出した。数週間前、ノーサンバーランドの伯爵夫人から手紙でその知らせを受け取ったばかりだ。伯爵夫人は兄と同じでお高くとまった俗物だが、それでも兄と違ってまだ義理の弟の存在を忘れてはいなかった。

「おまえの結婚の話をしているんだよ」

「ぼくが爵位を手にする可能性はほとんどないよ。家のために、どこかの無垢な娘さんをぼくなんかと一緒にして犠牲にすることもないさ」爵位といっても名前とウィルトシャーの荒れ果てた領地がついてくるだけだ。その領地にしても、父がずっと前に金に換えられるものはすべて換えてしまっていた。

祖母は唇を開いたままオリヴァーを見つめた。くもった濃い茶色の瞳で鋭くこちらを凝視している。「ラドフォードもおまえの父親も別にどうだっていいさ」

驚くことではない。祖母にとって他人とはそういう存在なのだ。

「でも、おまえは……おまえにはちゃんと奥さんをもらってほしいんだよ」

オリヴァーは耳にしたことが信じられずに頭を振った。どうやら祖母は高齢でおかしくなっているらしい。言っていることにまるで筋が通っていない。「ぼくが妻を養うなんて不可能だよ。財産も収入もないんだ。流行の服一枚買ってやれない。もちろん住む家もね」

「ばかをお言い」祖母が厳しく切って捨てた。「おまえは侯爵家の息子じゃないか。それだけだって、それなりの持参金のある娘と結婚できる。楽に暮らしていけるはずだ。向こうはおまえの名前目当て、おまえは持参金目当て。それでいいじゃないか」

なんて冷たい考えかただろう。オリヴァーは眉をひそめた。

「それが結婚さ」祖母は結論づけ、いったん言葉を切ってうなずいた。「昔からそうだったんだよ。おまえの母親が結婚したときも、わたしがおまえのお祖父さんと結婚したときもそうだった。結婚に感情なんて必要ないのさ。忘れるんじゃないよ。それ以上を期待したら、あとで裏切られることになるからね」

冷たいが祖母の言うとおりだ。いったい誰が自分などを愛してくれるというのだろう？ 惨めさが胸にこみあげて喉を締めつける。ヴィンセントが部屋を出ていったときと同じだ。オリヴァーが顔を伏せると、伸びすぎた髪が前に落ちて顔にかかった。気がつけば顎まで届く長さになっている。腿の上に置いた本の精緻な革表紙をじっと見つめ、なんとか自分を取り戻そうとした。「うん……その……覚えておくよ」

さっき、機会があったときにここを出るべきだった。けさ起きたときの気分は悪くなかったのだ。ゆうべの疑念も頭から消え、今夜またヴィンセントに会えるという希望が胸に宿っていた。それが……。

「オリヴァー」

いつもの鋭い口調とはまるで違う、いたわりに満ちた祖母の声に、オリヴァーは驚いて顔をあげた。

祖母のグレーの眉がさがり、額に刻まれているはずの深いしわもなくなっている。「おまえの母親が亡くなったとき、少しだけほっとしたんだよ。あの子は夫のせいで惨めな生活を送っていたからね。おまえには同じ目にあってほしくない」

オリヴァーの喉がつかえた。「うん、わかってるよ」おかしな表しかたではあるが、祖母は祖母なりに彼の身を案じてくれているのだ。だがその警告もすでに手遅れだという不安が、オリヴァーの頭をかすめた。「すまないけど、もう行かないと。約束があるんだ。遅れるわけにはいかないからね」ヴィンセントが家に来るまでにまだ五時間もある。家まで歩いて帰るのには一時間もかからないだろう。しかし、他にうまい言い訳も思いつかなかった。行くべきところも、果たすべき責任もないのだ。「何かしてほしいことはある？」

もうすでに家政婦とは話をしたし、郵便物も確認した。請求書どおりの金額を肉屋に送るように銀行の手配もすませてある。

「いいや、ないよ。もうお行き」祖母は居丈高な口調に戻って言った。さっきまで見せていた柔和さは影も形もなくなっていた。

オリヴァーは本をテーブルに置いて立ちあがり、祖母が差し出す手を取った。祖母の手は氷のように冷たい。そのまま顔を寄せ、ひからびた頬に唇をつけてお別れのキスをした。かよわげな骨だけの指が、オリヴァーの手をぎゅっと握った。ベッドに背を向けようとしていたオリヴァーは、驚いて祖母を見つめた。「年を取るのは孤独なものだよ、オリヴァー。素敵なお嬢さんを見つけなさい。おまえにも、いずれ訪れてくれる孫が必要になるわ」

オリヴァーは祖母の真剣なまなざしを受けとめた。かすんだ瞳には心配以上の感情が宿っている。祖母が口に出してその感情を表すことはないし、その必要もない。すでにオリヴァー自身も知っているからだ。誰かに愛されているという充足感が、オリヴァーを優しく包みこんだ。


ヴィンセントは髭を剃ったばかりの顎をあげた。線の細い中年の従者は背丈がヴィンセントの肩くらいまでしかなく、タイを結ぶにもつま先で立たなければならない。それでも従者のバートンは素早い手つきで白いリネンのタイを操り、手際よく結んでいった。

長く郊外に出たあとでロンドンに戻ると、いつも初日がいちばん忙しい。約束が続き、用事をこなしながらもヴィンセントは、針がもっと早く動かないかとじれながら何度も時計を見ていた。

「淡い黄褐色でいかがでしょうか？」ベッドにかけられた紺色の上掛けの上に、従者がベストを置いた。

ヴィンセントは指をぱちんと鳴らした。「そうだな、バートン。それでいい」

六時半きっかりで仕事は終わらせた。バートンとのやり取りがすめば、先に人をやって頼んでおいた〈ホワイツ〉のディナーを取りにいける。〈ホワイツ〉のステーキはオリヴァーのお気に入りなのだ。もちろんボルドーも忘れてはいけない。家を出る前にワインセラーから取ってこなくては。

いつもとまったく同じように、バートンがベストのボタンをとめていく。あまりの手際のよさに、いつ着せられたのかもわからないくらいだ。暖炉の上に置かれた真鍮の置時計は七時にもなっていない。時間はまだ充分ある。遅刻して、昨日のようにいたずらにオリヴァーに気をもませることはしたくなかった。ヴィンセントは従者が掲げた上着に袖を通した。それにしても昨日のオリヴァーはどうしたというのだろう？　いままでは多少の遅刻で動揺することなどなかったのに。そう思った瞬間、何かがヴィンセントの心をかすめた。よくわからないが、あえて言うならば不安としか言いようがない。

「上着は黒のほうがよろしかったでしょうか、閣下？」

ヴィンセントは目をしばたたき、バートンの表情に注意を戻した。「なんだって？」

「上着です。濃緑色よりも黒のほうがよろしかったでしょうか？」

「いや、これでいい」

誰かが寝室のドアを軽く叩いた。バートンが頭を向け、機敏にドアに向かう。ヴィンセントはマホガニー材のドレッサーに歩み寄って懐中時計を取り、チェーンをベストにつなってきた。

いだ。上着のボタンをすべてとめ終わったとき、バートンがトレーを手にすぐそばまでや

「閣下宛でございます」

シャツの袖を引っぱって上着の袖からのぞかせると、ヴィンセントは銀のトレーにのった手紙を取った。手紙に封をする赤い蝋には、セー・アンド・シール侯爵の紋章が押されていた。トレーにあった銀のペーパーナイフを取るヴィンセントの手が、かすかに震えた。

『プレスコット
自宅で待つ。至急来られたし。
セー・アンド・シール』

「コートを。急いでくれ」

すぐにバートンが手に持っていたトレーを置いた。主人の鋭い声に反応して衣装室に駆けこみ、命じられたとおりにコートを手に走り出てくる。

ヴィンセントはコートを着ると、手紙をポケットに突っこんだ。父からの呼び出しだ。ロザラムでの息子の成功が耳に届いたのだろうか？　何度も譲ってくれと頼んだのにすげ

なく拒否され、みずから買い取ることにした土地だ。セー・アンド・シール侯爵家のお荷物扱いされていた土地の可能性を切り開いたことを、誉めてくれるつもりだろうか？

一分もしないうちにヴィンセントは一階におり、玄関を出て馬車に乗りこんだ。

茜色のお仕着せを着た従者に父の書斎まで案内されるころには、ヴィンセントの興奮はあらかたおさまり、代わりに好奇心が芽生えはじめていた。ロザラムで石炭の鉱脈を見つけたのはもう半年も前のことだ。もし父がその成功を気にかけているのなら、もっと早く連絡があったはずだ。ところが最後にこうした手紙を受け取ったのは何年前なのか、ヴィンセントにもわからないほどだった。

従者が開けた樫の木のドアをくぐる。高い天井、重厚な色づかいの板張りの壁、金箔を施した額におさめられた肖像画、黒い革張りの安楽椅子。郊外にある一族の別荘にも、ことほとんど同じつくりの書斎があった。子どものころにそこに入ったときの記憶が鮮明に浮かびあがり、当時感じていた、父の関心を求める思いまでよみがえってきた。ヴィンセントは息がつまり、胸を高鳴らせた。父の巨大なデスクの前で立ちどまり、腰のうしろで手を組む。自分はもう大人なのだ。いつまでも十一歳の少年ではない。

父はヴィンセントが入ってきたこともまったく気にしていなかった。ただペンをペン立てに差しこんだだけだ。大柄で肩幅が広く、銀色の髪はきちんと刈りこまれている。まるで自分が六十歳になったところを鏡で見ているような気にヴィンセントがなるほど、ふたりは瓜ふたつだ。父が自分を嫌うのは外見があまりにも似すぎているからではないかと、かつては真剣に悩んだくらいだ。ばからしい悩みだ。しかし、父に完全に無視されて戸惑い、その理由を知りたいと切実に願っていたころもあったのだ。

父が手紙を封筒に入れて赤い蝋を落とし、銀の刻印を押して封をした。デスクの端に置かれたトレーに手紙をのせ、ようやく青い目をヴィンセントに向けた。実際に目を合わせていても、本当に見られていると感じたことはない。「おまえに頼みがあってな」

頼み？　ヴィンセントは驚きのあまりぽかんと口を開けそうになった。

「今日、ハルステッド公爵が訪ねてきた。わたしたちの一族と関係を結びたいそうだ」

「どんな関係です？」

「婚姻関係だよ。春になったらひとり娘が社交界の表舞台に立つことになっている」父が答えた。まるで何ひとつ理解できない愚か者に説いて聞かせるような言いかただ。

だがそう思いながらも、ヴィンセントの口からひとりでに問いが飛び出していた。「わたしとですか？」

父が唇を曲げて笑った。「公爵は娘をセー・アンド・シール侯爵家の跡継ぎとめあわせたいと言ってきたんだ。次男に用はない」

ヴィンセントの心がずきりと痛んだ。肩を回して気を取り直そうとしたが、父の言葉は胸に深く突き刺さったままだった。体の芯まで打ちのめされ、全身がこわばっていく。

「それなら、わたしに頼みというのは？」

「おまえの兄と付き合っているレディー・ジュリアーナと結婚しろ。あれは女を捨てることなどできん。だからおまえがダンスに誘って、年末までに式を挙げるんだ。周囲への予告はいらないからな。特別結婚許可証を取ればいい。恋愛結婚だということにすれば許可がおりるはずだ。それでみんなが幸せになる。グラフトンは自由の身になり、社交界のシーズンがはじまると同時に公爵令嬢と結婚する」

ほとんど口もきかない間柄だが、ヴィンセントは兄のグラフトン伯爵がレディー・ジュリアーナに並々ならぬ好意を持っていると感じていた。もっとも兄のことだ。父の命であればなんでも黙って従うに違いないのだが。「レディー・ジュリアーナの意向はどうなるのです？　グラフトンと彼女の婚約は周知のことのはずです」

「あの娘は伯爵家の娘にすぎん。おまえと結婚するとなれば、それで充分だろう」父はぶっきらぼうに切って捨てた。

結婚だって？　ヴィンセントは大きく息を吸った。頭の中でその言葉が跳ね回った。結婚？　昨日のささいな一件でオリヴァーはあれほど動揺していたのだ。この話を聞いたらどうなってしまうのだろう？

　そう、オリヴァーだ。胃がずっしりと重くなり、膝が固まって動かなくなった。ヴィンセントはこぶしを握り、表情からすべての感情を消し去った。「しかし、わたしはまだ二十四歳です。結婚なんて考えたこともありません」ヴィンセントと似たような立場の男性であれば、結婚するのは三十歳間際といったところだ。独立し、ロンドンで経験できるかぎりの悪さを経験してから結婚する。

　父がばかにするように鼻で笑った。「どのみち、いずれ結婚しなければならないんだ。これから先もレディー・ジュリアーナよりましな相手など現れんよ」

「彼女の父親はなんと言っているのです？　そんなことになったら、当然いい顔はしないでしょう？」伯爵は父の旧友なのだ。だからこそ父も、最初はグラフトンと伯爵の娘を結婚させようとしていたはずだった。

「わたしが話せばわかってくれる。娘が侯爵家につながる家に嫁ぐとなれば受け入れるさ」

　ヴィンセントは口を開いたが、それ以上の言葉が出てこなかった。口を閉じ、樫の木でできたデスクにのった銀のインクつぼを見つめた。いまの人生を変えるつもりはない。何があってもだ。結婚する必要などないし、したいとも思わない。

けれど、幼いころからの悲願がふたたび首をもたげ、ヴィンセントの喉をつまらせた。自分は父に必要とされている。たとえ強欲な父が己の野心のために利用しようとしているだけであっても、必要とされていることには変わりない。それに、社交界の意向というのは簡単に無視できるものではない。身分の高い者の結婚は、相手の体に流れる血によって決まるものだ。個人的な意思ではなく一族の利益のために、他の一族と婚姻関係を結ぶ。しかし……。

心がふたつに引き裂かれそうだ。一方ではいやだと叫んでいる自分がいる。だが、尊敬される立派な紳士になり、父に誇りをもたらしたいと願う自分は首を縦に振り、この話を受け入れたがっている。

紙がこすれる音で、ヴィンセントは葛藤から引き戻された。父が引き出しから紙の束を取り出したところだった。束をめくり、さらに一枚の紙を選び出す。「明日、レディー・ジュリアーナのところに行くんだ。彼女も待っている。いいな、新年までに結婚するんだぞ」

父らしい。ヴィンセントが同意したかどうかなどおかまいなしだ。自分の望みを相手に告げ、そのとおりになると信じてみじんも疑っていない。

それを〝さがれ〟という父の意思だと受けとめて、ヴィンセントは書斎を出た。広い玄関ホールに靴音が鳴った。その音は異様に大きく、威厳に満ちた邸宅から出るまでのあいだ、耳に突き刺さって頭の中で響き渡っていた。

馬車に歩み寄ると従者が扉を開けた。ヴィンセントは中に乗りこみ、座席に腰を落ち着けた。

「閣下、どちらへ?」

「ああ」ヴィンセントは頭を振った。夕食だ。つくらせておいた夕食を取りにいかなければならない。「〈ホワイツ〉へ行ってくれ」

扉がぴしゃりと閉じられた。

「くそっ、ワインがない」ヴィンセントは小声で悪態をついた。家を出る前に取ってくるはずだったのに。こうなったら〈ホワイツ〉にあるもので我慢するしかない。

社交クラブの〈ホワイツ〉は父の自宅からそう遠くない。ヴィンセントは夕食を受け取り、チープサイドに向かった。足のあいだには夕食を入れたかごがある。シェフがあたためておいてくれたのでまだぬくもりを保っている。

オリヴァーはわかってくれるはずだ。ヴィンセントは窓の外を見ながら、何度も自分に言い聞かせた。ふたりとも侯爵の次男という同じ立場なのだ。社交界も一族への義務も重要だと承知している。オリヴァーなら、父がふっかけた厄介な状況を理解してくれるはずだ。いや、理解してもらわなくては困る。いったいこれからどうすべきか。親友の意見をもっとも必要としているのは、他ならぬヴィンセント自身だった。

4

顔を伏せて馬車の扉を開けた従者の上着がぐっしょり濡れていた。鼻から水がぽたぽたと落ち、白いタイも雨と風でくしゃくしゃになっている。

この天候で馬車を待たせておくことなどできない。帰りは別の馬車を呼んだほうがよさそうだ。十分ほど前から降りはじめた雨が馬車の屋根を叩いている。すぐにやむ気配はない。

ヴィンセントはコートのボタンをとめて夕食を入れたかごをつかみ、扉をくぐって馬車から降りた。「今夜はもう戻っていいぞ」

御者が鞭をふるうと、四頭の馬が音を立てて馬車を引きはじめた。水たまりのできた土の道を、泥水を飛ばしながら遠ざかっていく。

建物の中に入り、ヴィンセントは薄暗い階段を最上階めざして急いでのぼった。最上階の右手にあるドアの前で立ちどまり、大きく息をつく。こわばった肩から緊張が抜け、胃のあたりにあったしこりが消えていった。ドアの向こうにオリヴァーがいると思うだけで、心が落ち着きを取り戻していた。

いつからなのかはわからない。それでも寄宿学校ではじめて出会い、友人として付き合ってきたこの十三年、どこかの時点からオリヴァーと会うことが安らぎとなっていた。そしていま、ヴィンセントは切実にその安らぎを欲していた。

「こんばんは、マースデン」ヴィンセントは部屋に入ってうしろ手にドアを閉めた。父の家には値段もつけられないような高級な家具が並び、デスクの上に置かれた銀のインクつぼにいたるまですべてが、きちんと計算ずくで配置されていた。あの厳しく冷たい雰囲気を体験したあとでは、オリヴァーの家の雑然とした応接室があたたかいものに感じられる。

茶色の革張りのソファーに腰かけているオリヴァーは、開いた本から顔をあげようともしなかった。横に置かれたでこぼこのクッションには数日ぶんの新聞が積まれ、足もとには空のグラスが置いてある。「どこにいたんだい?」

隅にある小さなダイニングテーブルにかごを置こうとしていたヴィンセントは、足をとめた。「ちょっと用事があったんだ」

答える代わりにオリヴァーが低いうなり声をあげた。

また機嫌が悪いようだ。いまは勘弁してほしい。今夜だけは、厄介ごとにかかわっていたくないのに。いつもの気安い、気取らないオリヴァーが必要なのだ。それなのに、今夜もまたオリヴァーはいらだって、ぴりぴりした雰囲気を発散させている。

ヴィンセントはかごを置くと、首のうしろに手をやって暖炉の上の時計を見た。たった三十分遅れただけだ。二時間も待たせたわけではない。

上着を脱ぎ、テーブルの脇に置かれたふたつの椅子のひとつにかける。「すまなかった。きみを待たせるつもりはなかったんだ」

オリヴァーが腹立たしげに鼻を鳴らした。ヴィンセントの胃が締めつけられた。遅刻の原因を説明しようという気が失せていく。この様子では、父との会見の話などできるわけがない。

ヴィンセントはオリヴァーの態度に、わかってくれるという確信も揺らいでいった。

ヴィンセントはテーブルの隣の戸棚からグラスをふたつ出した。「ワインはどうだ？」

親しげな態度を崩さず、言葉をしぼり出す。

〝飲むと言ってくれ、マースデン〟

「いらない」

オリヴァーは返事こそしたものの、目を合わせようともしない。片方の足をあげてクッションの上に置き、立てた膝の上に肘をのせて座っている。上着は着ておらず、袖をまくった白いシャツの下から素肌がのぞいていた。軽く巻いた髪がひと筋、片方の目にかかっている。その髪を払って耳にかけてやるところを想像しただけで、ヴィンセントの指がうずいた。

「マースデン、こっちへ来るんだ」キスをすれば、厳しく真一文字に結んだオリヴァーの唇もゆるむかもしれない。

友人は黙ったまま、本のページをめくっただけだった。

いらだちがこみあげ、ヴィンセントは歯を食いしばった。無視されるのはおもしろくない。

「早くしろ、マースデン」厳しく命じる言葉がふたりのあいだの空間に響いた。

本を握るオリヴァーの指に力がこもった。はたから見ても体が震えているのがわかる。

そのまま永遠にも思える時間が過ぎ、ようやくオリヴァーが本を置いた。

目を伏せたまま、オリヴァーが歩いてきてヴィンセントの前に立った。オリヴァーは両手を体の脇でこぶしに握り、錦織りのベストの下で胸を激しく上下させている。オリヴァーの発する欲情の気配がヴィンセントの感覚にしみ渡り、すぐにオリヴァーを組み伏せることしか考えられなくなった。ベッドに連れていって、意識を失うほどかわいがってやる。完全に支配するのだ。

「ひざまずいて口でするんだ」

ヴィンセントが肩を押すよりも早く、オリヴァーが木の床に膝をついて眼鏡をはずした。そのまま眼鏡をヴィンセントの手に握らせる。そしてあっという間にヴィンセントのズボンのボタンをはずし、シャツを押しのけると、すでに反応しかけているものを引き出した。

ふっくらとした唇に先端を含まれ、ヴィンセントはあえぎ声を押し殺した。オリヴァーが深く頭をさげるにつれて血が自身に集中していき、どんどん昂ぶりが増していった。軽いキスもなく、ゆっくりと舌をからませるようなこともない。オリヴァーは片方の手でヴィンセントのズボンを押さえたまま、意図的に頭を激しく動かした。張りつめたものの表面を唇が刺激し、舌が甘い愛撫を繰り返している。

ヴィンセントは左手を伸ばして眼鏡を暖炉の上に置き、そのまま背後にあるテーブルのへりをつかんで自分の体を支えた。そうでもしていないと強烈な快感に持ちこたえられそうにない。空いた右手をオリヴァーの後頭部に回し、茶色の髪に指をからませた。もっとだ。

ヴィンセントが右手に力をこめるとオリヴァーがそれに応え、さらに喉の奥まで大きく育った欲望を飲みこんでいった。唇がヴィンセントの下腹部の茂みに届く。

濡れた熱い口が、ヴィンセントを完全に包みこんだ。「ああ、なんてことだ、マースデン」ヴィンセントはうなるように言葉をしぼり出して目を回した。「信じられない。最高だ」

オリヴァーがヴィンセントの腿に手を置き、また頭を動かしはじめた。背骨が絶頂の予感でうずき出す。

このまま果ててしまえたらどれだけいいだろう。最後の一滴までオリヴァーの喉の奥深くに放つのだ。だが……。ヴィンセントは髪をつかむ手に力をこめた。濡れたなまなましい音を残し、オリヴァーの口がヴィンセントから離れた。長いまつ毛を伏せ、頬を紅潮させたオリヴァーの熱い吐息が、張りつめたヴィンセントの欲望の象徴にかかった。

「ベッドに行って裸になるんだ。いますぐに」

オリヴァーが身を震わせてせつなげな声を漏らし、立ちあがって寝室のドアへ向かった。寝室からオリヴァーの動く音が聞こえてくる。ヴィンセントは上着とベストを脱ぎ、暖炉のそばにある古い安楽椅子の背にかけた。オリヴァーには命令に従う時間を与えなければならない。ベッドがきしむ小さな音が聞こえてくるまで待ってから、ヴィンセントは寝室へと入っていった。

オリヴァーは言われたとおりに裸でベッドに横たわっていた。その光景に、ヴィンセントの心はえもいわれぬ満足感に包まれた。しなやかで無駄のない肉体が、ベッド脇のテーブルに置かれたろうそくの光に照らされている。金色にも見えるなめらかな肌が、引き締まった筋肉を覆っていた。傷ひとつない胸には無駄な体毛もいっさいない。オリヴァーは両脚をわずかに開いて、片方の手で硬直したみずからを握りしめ、もう片方の手で精の源をまさぐっていた。豊かな唇をかみしめ、わずかな動きも見逃すまいと食い入るようにヴィンセントを凝視している。

暗く燃えるオリヴァーの目で見つめられるほど刺激的なことはない。その瞳には欲望と切望が満ちあふれている。心からの渇望と信頼もだ。そのすべてがヴィンセントただひとりに向けられている。

ヴィンセントはベッドの脇で立ちどまった。「誰が触っていいと言った？」タイをほどきながら尋ねる。

オリヴァーが両手を体の脇に移した。いきり立った欲望が真っ直ぐ天井を向いている。ゆっくりと時間をかけて服を脱ぐと、ヴィンセントはたがいの昂ぶりがさらに増すのを待ってから震える手でズボンに手をかけた。足もとまでひと息におろし、床に落ちたズボンから足を抜く。

ベッドのヘッドボードに金属の棒が一本、横向きに走っていた。あそこにオリヴァーの手首を固定するのはどうだろう。両手をあげさせ、美しい体を思うがままにもてあそぶのだ。

ヴィンセントは、はずしたタイをつかんでベッドに乗った。オリヴァーに向かって這うように進んでいく。腰のあたりまで進むとオリヴァーが尻を浮かせ、いきり立ったものをヴィンセントの口もとに近づけた。

「キスして」オリヴァーがつぶやき、腹部を引き締めて腿の筋肉を震わせた。ヴィンセントの目の前にある欲望の象徴もずきずきと脈打ち、どこにキスが欲しいのかを言葉もなく訴えている。

先端から欲望のしるしを流しているものを見つめ、ヴィンセントはオリヴァーの上で身をかがめたまま愕然とした。

キスを？　ここに？　男性のものに口をつけろというのか？

飛びのきたいという本能がはたらく一方で、オリヴァーの美しい象徴が発する不思議な香りに引きつけられている自分がいた。その自分が、オリヴァーを味わってみたいと切望している。

気が変わったのか、混乱するヴィンセントの腕をオリヴァーがつかんだ。「来て」うつぶせになろうとオリヴァーが身をよじった拍子に、ふくらはぎがヴィンセントのものをなでた。オリヴァーはベッド脇のテーブルからオイルの入ったボトルを取り、ヴィンセントに手渡した。

ヴィンセントは頭を振って気を取り直し、タイを膝のあたりに捨ててボトルを受け取った。オリヴァーが肩をマットレスにつけて腰を持ちあげる。いったんベッドに座ってみずからにオイルをすりつけるあいだ、ヴィンセントの目は甘く誘惑してくる完璧な丸い尻に釘づけになっていた。オイルを落とした手でオリヴァーの尻の中心をなぞり、二本の指を秘部に差し入れる。

オリヴァーがはっと息を吸い、秘部をきつく収縮させて指を締めつけた。あえぎ声をあげて腰をうしろに突き出し、ヴィンセントの指を貪欲に受け入れる。そして一回、二回と腰を押しつけてきた。

「来て、いますぐ」

ヴィンセントはすぐに指を抜いた。「わかった」咆哮にも似た声で答え、オリヴァーの細い腰をつかんで先端をきつい秘部に押しあてた。

オリヴァーがせつない声をあげた。歓びではなく、痛みの声だ。その響きにヴィンセントはいったん冷静さを取り戻し、先に進むのをためらった。友人を傷つけたくない。

だがオリヴァーは首を振り、懇願というより命令に近い震える声で言った。「もっと。ぜんぶ、ヴィンセント」

オリヴァーが望むならしかたない。ヴィンセントは膝を使ってオリヴァーの腿を広げ、奥へと入っていった。なんということだ。すごく熱くて、すごくきつい。

「ああ、きみは最高だ」ヴィンセントは、オリヴァーの背中をなでながらかろうじて言葉を漏らした。血管の中で踊り狂っていた欲情が少し落ち着き、オリヴァーとひとつになった喜びに包まれる。これを求めていたのだ。オリヴァーとならこの完璧なひとときが実感できる。オリヴァーのこと以外は何ひとつ考えることのない境地だ。

しびれを切らしたオリヴァーが腰を動かしはじめた。自身にオリヴァーの秘部のみだらな動きを感じ、ヴィンセントの欲望にもふたたび火がついた。

片方の手でオリヴァーを押さえつけ、もう片方の手をベッドについてバランスを取りながら、ヴィンセントは腰を激しく振りはじめた。「こうか?」

「んんっ……そう」オリヴァーが白いこぶしでグレーのブランケットを握りしめると、腕の筋肉が美しく隆起した。髪が前に落ちて顔を隠す。軽く巻いた髪を汗まみれのうなじに張りつかせ、あえぎ、うめき、ひたすらに懇願を続けている。体を激しくぶつけていると、やがてヴィンセントに絶頂の予感が訪れた。

オリヴァーが体をずらし、欲望でいきり立つみずからの分身を手で愛撫しようとした。ヴィンセントはそれを許さず、乱暴にその手を払いのけた。「だめだ。俺だけを感じるんだ」そう、本当の意味でオリヴァーを絶頂に導くのは、自分でなくてはならないのだ。体を前に倒してオリヴァーの肩に歯を立て、さらに激しく腰を振る。鋭く、激しく、熱狂的に突きあげた。ベッドが揺れるぎしぎしという音が、ヴィンセントのうなされたような声とまじり合って部屋じゅうに響いた。

　オリヴァーの秘部が収縮しはじめた。絶頂を前にして全身がこわばっていく。小さくこま切れだったあえぎ声が、大きく荒くなっていった。呼吸も苦しそうだ。ヴィンセントは腰をわずかにずらして突きあげる角度を変えた。これでオリヴァーのいちばん敏感なところにあたるはずだ。彼自身も限界が近づいていた。

「ああっ！　だめっ！」

　オリヴァーが叫んで絶頂を迎えた。秘部がきつく締まり、耐えきれずにヴィンセントはオリヴァーの中に精を爆ぜさせた。強烈な快感が津波のごとく襲いかかってきた。息もできないほどの開放感だ。

　腕の力が抜け、ヴィンセントはがっくりとオリヴァーの上に突っ伏した。汗に濡れたうなじに唇をつけ、肩の上に頭をのせる。けだるさとあたたかさ、そして安らぎと癒やしに包まれた。オリヴァーが首を回し、顔をヴィンセントと反対に向けた。ヴィンセントの目の前にオリヴァーの髪がある。ヴィンセントは手探りでオリヴァーの額に触れ、眉に沿って髪をかきあげ、耳にかけてやった。

　雨が窓を叩いている。来たときよりもひどくなっているようだ。この天候では馬車を探すのも難しいかもしれない。今夜は泊まっていくほうがいいだろうか。どのみち、どこで眠ろうが、夜明けとともに目を覚ますのが毎日の習慣になっているのだ。朝早くに出れば、他の住人と会うこともない。

この粗末な建物に永遠にいられないのはわかっている。しかしこの友人をひとり残して出ていくことに、今夜のヴィンセントは不安を感じていた。

オリヴァーがヴィンセントの脇腹に肘を食らわせた。

「おりてくれ、重いよ」

「すまない」ヴィンセントはしぶしぶあたたかいオリヴァーの体を放し、冷たく目の粗いブランケットの上に身を横たえた。自分のほうがオリヴァーよりも重いのだ。気配りが足りなかった。

オリヴァーがヴィンセントの腕からすり抜け、ベッドから出て洗面台まで歩いていった。わずかに足を引きずっている。それを見たヴィンセントは、満足感を覚えずにはいられなかった。あれは自分がもたらしたものだ。

〝俺の体があんなふうにした〟

オリヴァーはいまも体を満たす自分を感じているのだろうか？　ヴィンセントは心から、そうであってほしいと願った。一歩ごとに自分を感じてほしい。顔に笑みを浮かべ、ヴィンセントはオリヴァーがベッドに戻ってくるのを待った。

濡れた布が腰のあたりに飛んできて、驚いたヴィンセントは身を縮めた。まるで氷のように冷たい。背中に手を回し、布をつまんで床に落とす。「なんのまねだ？」

「帰る準備をするんだろう？」オリヴァーが洗面台の前に立ち、腕を組んでいた。絶頂で放った精を清めたのだろう、力を失った彼のものが濡れている。キスを誘う官能的な唇がゆがみ、あざ笑うような表情をつくっていた。

体を重ねただけではオリヴァーの不機嫌は消えなかったらしい。ヴィンセントは鼻から大きく息を吸いこみ、辛抱しろと自分に言い聞かせた。「どうした？　俺が三十分遅れたことをまだ怒っているのか？」

オリヴァーが肩をすくめた。不慣れな仕草がどこかぎこちない。ヴィンセントに背を向け、洗面器の隣に丸めて置いてあった布を広げてたたんだ。こんどは掃除でもはじめるつもりなのか？

いったいどうしたというのだろう。本当ならオリヴァーはヴィンセントの腕の中でぐったりと、しなやかな体を横たえているはずなのだ。それが、あれこれと文句を並べ、あまつさえ物を投げつけるなんて。

ヴィンセントは落ち着かない気分になり、体を起こしてベッドの端に座った。こちらを見もせずにオリヴァーがドレッサーに近づき、白いリネンのズボン下を手に取った。

「どうしてここに泊まれないんだ？」身をかがめて服を着ながら、オリヴァーが言った。

ヴィンセントは大きくため息をついた。泊まれるわけがない。オリヴァーがこんなに不機嫌で、子どものように不平をこぼすなら、なおさら今夜は泊まるわけにはいかない。

「またその話か？　ゆうべ理由は話したじゃないか」

オリヴァーがあざけるように鼻で笑う。

「他の住人なら気にしないさ。それどころか気づきもしないはずだよ、ヴィンセント」

ヴィンセントは歯を食いしばった。

「きみさえその気なら、明日も会える」

オリヴァーが床からズボンを拾いあげた。「つぎはいつ会える？」しまった。レディー・ジュリアーナとの約束がある。忘れるなんてどうかしていた。「用事があるが、そのあとここに来るよ。正午でどうだ？」

ヴィンセントはこぶしを握りしめた。もう一度鼻で笑われたら、もう我慢する自信がない。

「何時だっていいさ。どうせぼくはいつでもここにいるからね」ズボンのボタンをとめるオリヴァーの髪が顔に落ちかかった。「でも、一度くらい時間を守ってくれてもいいじゃないか。一日じゅう、きみをただ待ちつづけるのはいやなんだ」

一度くらいだって？　二回続けて遅刻しただけで、こんな目にあわされなければいけないのか？「仕事を探したらどうだ？〝一日じゅう〟ここにいるより、生産的なことをすればいいじゃないか」

「何をしろって言うんだ？」オリヴァーがきっと顔をあげ、声を荒らげた。「ぼくはきみとは違うんだ、ヴィンセント。大学だって行ってない」

「その気になって努力すればなんだってできるはずだ」オリヴァーの問題はこれなのだ。優秀な男なのに、決して自分から動きだそうとしない。「いつまでも祖母の背に隠れていることはできないんだぞ。あの人はもう九十歳も間近なんだ。ここまで持ちこたえているのが不思議なくらいだろうに。遅かれ早かれ、仕事を見つけないといけない日がやってくる。世話を焼く別の年寄りを見つける気なら話は違うがな」

「出ていってくれ、ヴィンセント」オリヴァーが切って捨てるように言った。

怒りがこみあげ、ヴィンセントは歯ぎしりをした。我慢にも限界がある。「なんだって？」声を抑えて尋ねた。

オリヴァーが床からシャツを取ってゆっくりと背すじを伸ばした。白いシャツを握りしめ、濃い茶色の瞳を真っ直ぐヴィンセントに向ける。「ぼくたちが会えるのは、きみがお情けでここに寄る気になったときだけじゃないか。しかもそれだって、忙しいきみの予定に隙間ができたときだけだ。きみはすぐに郊外にとんぼ返りをして、一度だってぼくを招いてくれはしない。ぼくが〈ホワイツ〉にも舞踏会にもほとんど行かないのは、きみに無視されるのがたまらないからさ。いいかい、ヴィンセント。誰も、きみとぼくがこんな関係だなんて疑ってはいないんだ。誰もね」オリヴァーはシャツを頭からかぶり、裾をズボンの中にこじ入れた。「きみはヴィンセント・プレスコット卿なんだぞ。完璧な男だ。きみのような男がぼくみたいな出来そこないとこんな関係にあるなんて、誰が思うもんか」

ヴィンセントはしばらく押し黙り、頭にうずまく怒りを静めた。「同性愛は犯罪なんだぞ。もし明るみに出たら俺たちはおしまいだ。絞首刑になる可能性だってある」

「そんなことはわかってるよ、ヴィンセント。いちいちなんでもぼくに教えようとしなくたっていいんだ」

裸のままオリヴァーの冷たい視線を受けているのがいたたまれず、ヴィンセントは立ちあがって床からズボンを拾いあげた。今夜はこんなはずではなかった。楽しく食事をして、そのあとでベッドに移るつもりだったのだ。それが、兄の想い人との結婚を命じられ、ベッドで絶頂を迎えた五分後には、胃袋が空のまま激しい口論をしている。

ヴィンセントがズボンのボタンをとめていると、オリヴァーがふたたび口を開いた。傷ついた低い声だ。

「ぼくは他人が思っているほどばかじゃない。きみがいつも主導権を握りたがる理由だって、ちゃんとわかっているんだ。縛られたって鞭で打たれたって、ぼくはきみの望むことなら迷わず受け入れる。それはきみと一緒にいたいからだ。なのに、きみはぼくのものにキスひとつしてくれない」

ヴィンセントは驚き、愕然として口を開けた。頭の片隅で警報が鳴り響いている。いままでこんなにも自分が頼りなく感じたことはない。「だから俺たちはこんな口論をしているのか？　俺がきみのものにキスをしなかったから、それで怒っているのか？」

オリヴァーが両手を宙に突き出した。「違うよ」美しい顔を苦しげにゆがめ、頭を振って両手で髪をかきむしる。「まあ、それもないとは言えないけれど、それだけじゃないんだ。きみにはわからないよ。きみの態度を見ていると、どうしてぼくなんかにかかわっているのか、たまに不思議に思うことがあるんだ」

わからないだって？　わかるものか。「きみのいまみたいな態度を見ていると、俺にもそう思えてくるよ、マースデン」

オリヴァーが歯を食いしばってうなった。顔が紅潮し、怒りにゆがんでいる。全身に力をこめていまにも飛びかかってきそうな勢いだ。「ぼくを見くだすのはやめてくれ！　マースデンと呼ばれるのもうんざりだ！　ここは〈ホワイツ〉じゃない。ぼくたちは、たったいままで裸で抱き合っていたんだぞ。オリヴァーでいいじゃないか」ドレッサーをごそごそとあさり、何かを取り出した。「それにぼくは男娼じゃない。きみの金なんかいらないんだ！」

ヴィンセントは横に飛んで、胸めがけて投げつけられた金貨をよけた。金貨が壁にあたり、ばらばらと木の床に落ちる。

オリヴァーが上着を取り、寝室から出ていった。

こんなふうに背を向けられてたまるものか。一方的に言いたいことだけ言って立ち去るなど、許されることではない。ヴィンセントはあとを追った。オリヴァーは上着に袖を通し終え、真っ直ぐ玄関に向かうところだった。

奇妙な切迫感がヴィンセントの心を支配していた。オリヴァーを追う足を早める。「そのドアから出ていくつもりなら、ごみ箱から引っぱり出したような上着じゃなくて、もう少しましなものを着て出たほうがいい」

オリヴァーがはじかれたように振り向いた。「きみはぼくを愛しているのか？」

ヴィンセントは足をとめた。「なんだって？」喉がつまり、胃がきりきりと痛み出す。食事をしなかったのは正解だったかもしれない。心臓が激しく打ち、まるで胸の中で暴れているかのようだ。

「きみはぼくを愛しているのか、ヴィンセント？」

ヴィンセントは驚愕し、口をあんぐりと開けた。言葉がひとつも出てこない。ただオリヴァーの目を見つめるのがやっとだった。かつては尊敬と思慕をたたえていた瞳が、冷たく厳しい視線で彼を見すえている。

「だと思ったよ。きみはまだ自分が同性愛者だと認めることができないんだ」オリヴァーは唇を冷笑の形にゆがませ、あざけるように頭を振った。「もうきみを待つのに疲れたんだ。さようなら、プレスコット」

ヴィンセントが呆然と見つめる中、親友は玄関のドアを開けて出ていった。

5

ドアがぴしゃりと閉じられた。オリヴァーが足早に去っていく音が小さくなっていき、やがて自分の心臓の音だけが耳の中で冷たく鳴り響いた。

ヴィンセントはふらふらと前に進んで真鍮のドアノブをつかみ、下を向いて自分の姿に目をやった。

「くそっ！」

ズボン一枚で外に出るわけにはいかない。だが、たとえ服を着ていたとしても、どうすればいいのだろう？　オリヴァーを追いかけて、それからどうする？　ロンドンじゅうの人々が見ている中、路上で口論の続きでもすればいいというのか？

いらだちをこめてうなり声をあげ、ヴィンセントはこぶしを壁に叩きつけた。なぜオリヴァーはいまの状況に満足できないのだろうか？　求めるものが大きすぎるのだ。

「ちくしょう、マースデン！　なんで、よりによって今夜なんだ？」もう一度こぶしを壁にぶつける。しかし、そんなことをしたところで手に痛みが残るだけだった。

ヴィンセントは歯がみして指を髪に走らせ、頭を抱えた。オリヴァーが残した言葉のひとつひとつがまじり合って頭の中で暴れている。言葉を切り離してゆっくり考えることもできそうにない。それどころか膝から力が抜けていき、立っているのもやっとだ。

やがてまじり合った中から、ひとつの言葉が浮きあがってきた。

〝さようなら、プレスコット〟

怒りやいらだちが消えていき、代わりに不安が胸に忍び寄ってきた。ヴィンセントはがっくりと肩を落とした。両腕に力が入らず、だらりと垂れさがる。

しばらくその場に立ちつくしていた。どのくらいそうしていたのかもわからない。ただなんとか息をつないでいるあいだ、雨が窓を叩きつづけていた。

やがてヴィンセントは力なくドアに背を向け、小さな応接室を横切った。持ってきたかごからさして高級品ともいえないボルドーを抜き出し、中身をグラスにそそぐ。ふた口でグラスを空にすると、もう一度ワインをついでソファーに歩み寄った。

クッションの上の新聞をどけてどさりと腰をおろし、肘を膝にのせてグラスを回しながら頭を垂れた。こんなに自分が無力だと感じたのははじめてだ。状況を明るくする光がまるで見えてこない。わずか数時間で、これまで築きあげてきた秩序立った人生が根こそぎ崩れ去ってしまったのだ。

父に続いてこんどはこれだ。オリヴァーとの関係は完璧なものだと思っていたのに。たがいに理解し合い、オリヴァーも幸せなのだとばかり思っていた。

それがまるで違っていた。

〝ぼくはきみの望むことなら迷わず受け入れる。それはきみと一緒にいたいからだ〟

オリヴァーはこちらを喜ばせようとしていただけだったのか？　自分が望んでいたわけではなく、ただこちらの望みに自分を合わせていたのだろうか？

まさか、そんなはずはない。ヴィンセントは不安を押しのけ、論理的に考えようとした。何年も娼館に通い、多くの男娼を見てきたのだ。この六カ月のオリヴァーの態度が芝居でなかったことくらいはわかる。芝居であんな反応を見せられる者などいるはずがない。オリヴァーはたしかに被虐の歓びを切望していた。

首のうしろに手をやり、こわばりをほぐそうと試みた。ふたりの友情を体の関係にまで発展させたのは、やはり間違いだったのか？　ふたたび娼館を訪れるところを想像して、ヴィンセントは顔をしかめた。いいや、だめだ。あんなところには二度と行きたくない。オリヴァーとの関係こそ理想的だったのだ。だがそれも過去形になってしまった。こうなってしまった以上、ただの友人に戻れるとも思えない。

胸がずきりと痛み、息が苦しくなった。オリヴァーなしの人生を思うと、これまでに受けたどんな傷よりも心が痛んだ。もう頼ることもできない。必要としても、オリヴァーはどこにもいないのだ。あの〝愛してる〟と優しくささやく声も、もう二度と聞けない。もちろんオリヴァーを失いたくはないが、選択の余地が残されているとも思えなかった。オリヴァーのあの様子は、すでに決意が固まっていることを示していた。それにもう一度機会が訪れたとしても、オリヴァーの望みに応えてやることができるのかどうか、ヴィンセントには確信が持てなかった。

男性に惹かれる自分を否定したいという気持ちが心のどこかにあるのはたしかだ。尊敬される紳士となり、すべてを完璧にこなしたいと躍起になる気持ちと同じところに。オリヴァーがずっと従順だったおかげで、ヴィンセントはその気持ちと正面から向き合わずにすんできた……今夜までは。だが、その違和感はいまもなお心に存在している。そして、明日……。

くそっ。明日はレディー・ジュリアーナに会わなければならない。どうするべきか、ヴィンセントはまるで見当がつかなかった。わかっているのはただひとつ。喧嘩をするにしても、オリヴァーは最悪のときを選んでくれたということだけだった。

さっきの口論からして、ヴィンセントの父の要求をオリヴァーが理解してくれるとは思えない。しかもあれだけ大きな声で罵り合ったのだ。建物の他の住人たちにも聞こえてしまったかもしれない。それだけはまずい。オリヴァーとの関係が表沙汰になる。そう考えただけでヴィンセントはパニックに襲われ、身を硬くした。頭を振って自分に言い聞かせる。この建物に、社交界に出入りしているような住人などいるはずがない。

ひとつだけたしかなことがある。今夜はどう転んでも気まずい終わりを迎える運命だったのだ。

友人と楽しいひとときを過ごそうなどと思っていた自分が甘かった。胃が空腹を訴えて鳴った。ヴィンセントはダイニングテーブルの上のかごを見つめたが、冷えてしまったのを別にしても、ステーキはまるでうまそうには見えなかった。

ため息をついてグラスを口に寄せ、一気にワインを飲みほした。空のグラスをテーブルに置いて上着とベストを手に取り、寝室に戻る。遅かれ早かれ服を着なくてはならない。先にすませてしまったほうがいいだろう。

オリヴァーとともにしたベッドから目をそらし、床から丸まったシャツを拾いあげて袖を通した。裾をズボンの中にたくしこむ。つぎはタイだ。タイはどこへ行った？　床を探したが見あたらない。くそっ、ベッドだ。ヴィンセントは目を閉じ、右手を伸ばしてブランケットの上を探った。指がリネンのタイに触れた。

じきにオリヴァーも戻るだろう。ここに住んでいるのだから当然だ。そうすれば、紳士らしく膝を交えて話し合うことができる。そう、それがいま必要なことだ。筋道を立ててきちんと状況を分析し、ふたりが納得できる解決法を導き出す。怒鳴り合ったところでいい結果が生まれるはずがないのだから。

そう考えると胸に安堵が広がり、指の震えがおさまってタイを結ぶことができた。この程度のことでふたりの友情が、修復不可能なほどに壊れてしまうはずがない。だが今夜のオリヴァーは怒っていたし、ヴィンセントもまずい振る舞いをしてしまった。無礼な態度で、言うべきでないことを口にしてしまったのだ。もしここまで問題がこじれる前なら、オリヴァーも心配してくれる友人に感謝していたかもしれない。けれど、ここしばらく明らかにオリヴァーの様子はおかしかったし、幸せそうにも見えなかった。

上着のボタンをとめ、靴を探して寝室を見回すと、緑と金の輝きが目の端に飛びこんできた。ヴィンセントはゆっくりと、緩慢な動作でベッド脇のテーブルに歩み寄った。

くすんだ銀の皿の上に翡翠のタイピンがのっていた。オリヴァーがどこへ行くにも欠かさず身につけていたものだ。ふたりで会う約束がなく、偶然道で出会ったときでさえ、オリヴァーはこのピンでタイをとめていた。

突然、引き裂かれるような痛みが胸に襲いかかってきた。喉が焼けつき、目頭が熱くなる。ヴィンセントは歯を食いしばり、天井の漆喰が欠けたところにあるクモの巣を見あげた。何度もまばたきを繰り返す。

〝さようなら、プレスコット〟
オリヴァーは本気だったのだ。

オリヴァーはふらつく足で自分の部屋に入った。乱暴にドアを閉じると、応接室がふたたび暗闇に包まれた。

左に一歩動くと腿が木のテーブルにぶつかった。とっさに手を伸ばして白目の燭台をつかみ、小さなテーブルから落ちないように握りしめた。体を横にずらして身をかがめ、引き出しを開けて中をごそごそとあさり、ようやくマッチの入った箱を探りあてた。だがこんどは手が震えて言うことを聞かない。何度か同じ動作を繰り返して、やっとマッチに火をつけた。炎に照らされて浮かびあがった応接室には誰もいなかった。

「ちくしょう」オリヴァーは悪態をつき、がっくりとうなだれた。

ヴィンセントが待っているわけがなかった。ヴィンセントは誰も、何も待ったりはしない。無人の家に帰ってくる覚悟はできていたはずだった。そのために、いたくもない酒屋に長居していたのだ。それなのに、どうしてこんなに胸が痛むのだろう？

せっかくジンを飲んでも、なんの役にも立たない。両手で顔をごしごしとこすり、目にかかった濡れた髪を払う。これだけ濡れているのに気にならないのだから、酔っているのは間違いない。だが、張り裂けそうな胸の痛みはジンを浴びるほど飲んでも消えないものらしい。

心が押しつぶされそうなうえに、体の芯までずぶ濡れだ。しかも、家に戻ってこられたのや、心の痛みを自覚できるのが不思議なくらいに酔っ払っている。

「まったく惨めな男だよ。ヴィンセントに愛されないのも当然だ」

胸が痛い。火箸を突き立てられ、ひねりあげられたようだ。

「いたた」酔ったオリヴァーはうめいて胸をなでた。

しかし、何をどうしようが事実は変わらない。自分は本当に惨めな男だ。金はほとんど持っていない。住んでいるのもこのあばら家だ。ヴィンセントを待ち、週に何度か祖母を訪ねる以外は何もしていない。そんなことはなんの言い訳にもならないというのに。

ドアの脇に立ちつくし、上着から雨をしたたらせて床に水たまりをつくっている哀れな男。それが自分だ。

これ以上部屋を明るくなどしたくない。オリヴァーは一本だけろうそくをともした燭台を手に、寝室へ入っていった。ベッド脇のテーブルに燭台を置き、上着のボタンと格闘をはじめる。明日、二日酔いで頭痛がするのは間違いないが、かぜまでひくのはごめんだ。

「いまいましいボタンめ。もう知るか」オリヴァーは力いっぱい上着の前を左右に引いた。

ボタンがはじけ飛び、床に落ちて音を立てる。上着の袖から腕を抜こうとしたが、手首でひっかかったので手を振って放り投げるようにして脱ぎ捨てた。ベストのボタンははずす気にもならなかったので、やはり前を左右に強く引いた。上着ほど簡単にはいかなかったものの、やがてボタンがすべてちぎれて飛び、オリヴァーはベストを脱いで上着の上に投げた。

「ヴィンセントの金貨を取っておけばよかったかな」だめになってしまった衣服と飛び散ったボタンを眺めてつぶやく。「新しい服が買えたのに」

いまそんなことを考えてもしかたがないし、考えたところでどうにもならない。すでにみずからの短気な心といらだちはヴィンセントにぶつけた。そしてその結果、すべてを失ってしまったのだ。

いったい何を考えていたのだろう。自分の意思でそうしたのだ。ヴィンセントをあれこれつついて挑発し、究極の質問を投げつけた。返ってきたのは衝撃と恐怖という無言の返答だった。ヴィンセントが衝撃を受けることは予想していた。これまで面と向かって愛しているかどうかきいたことはないのだから、驚いて当然だ。そして恐怖は……こちらは傷ついた。

いまでも心がずきずきと痛む。

実際のところ、ヴィンセントの友情をだいなしにしてしまったことよりも傷ついた。

オリヴァーはベッド脇のテーブルに視線を落とした。銀の皿の上に翡翠のピンがのっている。ヴィンセントは返せと言うだろうか？

言ってはこないだろう。愛した男性のものをいつまでも持っていたいなど、まったく惨めとしか言いようがない。しかしこれは、このピンだけは、ヴィンセントが玄関先を訪れて返せと言ってくるまでは手放す気になれそうもなかった。

「ヴィンセントが持っていろと言ったんだ」六カ月前の言葉だし、いまでは状況が大きく変わってしまった。でもそれがどうだというのだ？　オリヴァーは顎を突き出した。このピンを手放すつもりはない。

指先で石にそっと触れると、胸が締めつけられた。心がヴィンセントの許しを求めて懇願し、泣き叫んでいる。オリヴァーはきつく目を閉じ、流れ落ちそうになる涙を必死でこらえた。

「やめろ」鋭い声で自分に言い聞かせる。「もう終わったんだ」

オリヴァーは大きく息を吐いた。全身が諦観と無力感に包まれていた。残りの服を脱がなくては。

ヴィンセントの気持ちを変えることはできないし、このあばら家から出て大邸宅に住むことも不可能だ。でもたったひとつだけできることがある。オリヴァーは勢いよくシャツを脱いだ。ヴィンセントがどう思おうと、自分は役立たずのろくでなしではない。努力して何かを成し遂げることだってできるのだ。少なくともやってみることはできる。ヴィンセントを失ったいま、ひとりで家に閉じこもって自分を責めつづけるようなまねだけはしたくない。そうなれば傷心に負けて、ただの欲望を発散する相手としてでもいいから、別れないでくれとヴィンセントに懇願したくなるに決まっている。

それだけは願いさげだ。ヴィンセントに愛されることはない。一緒にいるだけでつらくなるような状況になる前に、そのことを受け入れるべきなのだ。

裸でベッドに横たわってブランケットを引きあげると、古いベッドがきしんで音を立てた。これからいったいどうしたらいいのだろう?

秘書や書記はできない。人のために働くというのはどうしてもいやなのだ。思いあがりかもしれないが、本心なのだからしかたがない。得意なこともないし、大学も出ていない。土地や財産の管理についてもまるで無知だ。唯一知っていることといえば……。

本だ。

長年、祖母に何冊の本を読み聞かせてきたことだろう。祖母の寝室にある本だけでも、書店を開業するには充分すぎるほどの数だ。

ある意味では投資のようなものだが、母の遺産にはそれほど手をつけずにすむはずだ。もしぶざまに失敗したとしても、無一文ということにはならない。

オリヴァーはベッドに肘をついて体を起こし、ろうそくの炎を吹き消した。すぐに横になってブランケットをかぶる。寝室は闇に包まれ、窓を叩く雨の音は小さくなっていた。

悲しみに浸るのはもう終わりにしよう。明日、新しい一歩を踏み出すのだ。自分の力で何かを成し遂げるために。

明るい午後の陽射しが客間を照らしていた。昨夜の激しい雨が、いつもロンドンの上空を覆っている雲を洗い流してしまったように感じられる。けさはロンドンじゅうが珍しい快晴の空を祝福していたことだろう。だがヴィンセントはしかめ面で、晴れ渡ったすがすがしい空をにらみつけていた。

ゆうべの調子で雨が降りつづけてさえいれば、今日の約束を先に延ばせたかもしれないのに。しかし残念ながら、天は味方をしてくれなかった。そしてヴィンセントはいま、薄い青と白の縞模様の壁紙が張られ、趣味はいいが落ち着かない気分にさせられる家具の置かれた客間にいる。

椅子に座ったヴィンセントはときおり体を動かしながら、こめかみに手をやりたくなるのを懸命にこらえていた。明るい陽射しも頭痛をひどくさせるだけだった。目がしきりに疲労を訴えている。ゆうべはけっきょく寝つけず、ベッドの中でごろごろと寝返りを打っているだけだったのだから無理もない。オリヴァーの家から出たあとも、いまいましいことに馬車が見つからず、あれこれ考えごとをしながら歩いて家まで帰るはめになったのだ。オリヴァーの言葉が何度も頭に響き、そのたびに心の抵抗もむなしく、自分が頑固でわがままな愚か者だと思い知らされた。

「紅茶のおかわりはいかがですか、ヴィンセント卿？」

ヴィンセントは手にしたカップに視線を落とした。すっかりぬるくなってしまった紅茶がまだ半分ほど残っている。「いえ、結構です」

象牙色の長椅子に座っているレディー・ジュリアーナが頭を傾け、かたわらのワゴンに置かれた白いティーポットに手を伸ばした。彼女が自分のカップに紅茶をそそぐと、細い湯気がひと筋、天井に向かって立ちのぼった。

今日までヴィンセントは、レディー・ジュリアーナとは数えるほどしか言葉を交わしたことがなかった。本当の性格を見極めるにはいたらない、形だけの挨拶程度のものだ。それでもヴィンセントは、この女性が礼儀正しく従順だという印象を持っていた。好ましい特徴だ。誰もが振り返るような美しさこそないが、明るい茶色の髪をうなじのあたりでまとめ、ハート形の顔に穏やかな笑みを浮かべている様子は、見る者の心を落ち着かせる。淡い緑色のドレスの上からは、どちらかといえば痩せている体つきが見て取れた。少なくとも、ベッドをともにするのが苦痛という感じではなさそうだ。

闇に紛れてこの女性の寝室に忍びこみ、横たわる細い体の脚を開いて結ばれる。ヴィンセントはその光景を想像し、自嘲的な気分にとらわれた。これが、貴族の幸せな結婚というものか。

自分の将来が目に浮かぶようだ。生まれのよい若い娘と結婚し、父と社交界の期待どおり、みずからの地位にふさわしい生きかたをする。兄にもしものことがあったときのために、子どもを何人かつくるのだ。だがそれは、自分の心の一部を永遠に切り捨てることを意味している。もう男性とともに夜を過ごすことはできない。オリヴァーと結ばれることも二度となくなるのだ。

いきなり胸に悲しみがこみあげ、ヴィンセントは危うく唇をゆがめそうになった。意思の力で悲しみを抑えつけ、礼儀正しい温和な表情を保つ。

選びようもないことだ。レディー・ジュリアーナがしかたなしにでも結婚を承諾すれば、あとは誠実に夫としての務めを果たす以外にない。それにヴィンセントが求めるただひとりの男性は、ゆうべ彼のもとを去ってしまったのだ。

「グラフトン卿はいつロンドンにお戻りになるのでしょうか？」レディー・ジュリアーナの問いが、ドアが閉じられるつらい記憶からヴィンセントを現実に引き戻した。

兄とはもう何カ月も連絡を取っていない。最後に話をしたのは、兄がデヴォン州の領地に戻るずっと前になる。「年が明けるまで郊外にいると思います」〝俺たちが結婚するまでということだ〟

レディー・ジュリアーナが琥珀色の瞳をくもらせ、カップを唇に寄せて紅茶を少しだけ飲んだ。

恋愛結婚だと？　ヴィンセントは頭を振りたくなるのをこらえた。レディー・ジュリアーナは慎ましやかな女性だ。礼儀をわきまえた距離を保ちつづけている。ヴィンセントと彼女の間柄など、街ですれ違う知人同士より少しましという程度のものだろう。父がなんと言おうと、ふたりが愛し合っていると信じる者などいないはずだ。

レディー・ジュリアーナが小さな音を立ててカップをソーサーに戻し、ふたりのあいだにある低いテーブルの上に置いた。きちんと両手を重ね、ヴィンセントを見あげる。「ぶしつけな質問をお許しください。でも、グラフトン卿のお話でないのなら、今日はいったいなんのご用でここへ？」

動揺を隠しきれずに、ヴィンセントは身をこわばらせた。「お父上から何も聞いていないのですか？」

「あなたが訪ねてくるとだけ言われました」

やられた。臆病者の父親ふたりは、はじめから状況を説明する役目をこちらに押しつけるつもりだったのだ。

ヴィンセントはカップをテーブルに置き、顔をあげて客間のドアを見た。閉めにいきたいところだが、親戚でもない未婚の男性と一緒にいて部屋のドアを閉じたとあっては、女性の名誉に傷をつけかねない。こうなっては、できるだけ誠実に優しく、ことの真相を告げなければ。「ハルステッド公爵がわたしの一族と婚姻関係を結ぶことを希望しています」部屋の外を通る召使に聞かれないよう、ヴィンセントは小声で言った。ゴシップが伝わるのはあっという間だ。レディ・ジュリアーナがその渦中に巻きこまれるのはできるだけ先のほうがいい。

「公爵令嬢はつぎのシーズンで社交界の表舞台に立たれます。あなたには、グラフトンの代わりにわたしを受け入れていただきたいというのが、わたしの父の望みです」

ヴィンセントはあえてすべてを語らなかったが、聡明なレディー・ジュリアーナは察したようだった。

一瞬だけ寂しげな表情を浮かべると、彼女はすぐに自分を取り戻してうなずいた。「もちろんです。わかりました、ヴィンセント卿」

社交界にデビューして三年、身分からすれば他に結婚の話もあっただろうに、レディー・ジュリアーナはグラフトンを相手と心に決めて求婚を待っていたのだ。優柔不断で愚かな兄などにはもったいない女性だ。もちろん、ヴィンセント自身にも同じことが言える。ヴィンセントは自分をこんな状況に追いこんだ父を恨んだ。しかし、すでに状況はみずからの望みを超えたところで動きだしている。この若い女性の将来は自分にかかっているのだ。

「明日もお会いできますか？　もし天気がよければハイド・パークにでも行きましょう」

レディー・ジュリアーナがうなずいた。「もちろんですわ、ヴィンセント卿。喜んでご一緒いたします」

別れの挨拶のあと、ヴィンセントは待っている馬車に向かった。

「どちらへ向かわれますか、閣下？」扉を押さえている従者が言った。

家には戻りたくない。仕事はたまっているが、できるだけ長く日常から遠ざかっていたかった。オリヴァーが翡翠のタイピンを返しにきたかどうかなど、むしろ知らないほうがいい。

「〈ホワイツ〉だ」ヴィンセントは馬車に乗りこみ、革張りの座席に座った。ウイスキーを一杯か二杯、あるいはもっと飲めば、結婚を控えた紳士という新しい人生に慣れるのも容易になるかもしれない。かつて自分を愛してくれた男性も存在しない、新しい人生に。

6

裏口のドアをノックする音がした。オリヴァーは在庫目録から顔をあげ、鉛筆をデスクに置いて立ちあがった。腰に手をやって体を伸ばすと、ぽきぽきと関節が鳴る。一時間あまりもデスクにかじりついて仕事をしていたのだから無理もない。こんな邪魔なら大歓迎だった。手に入れたばかりの自分の書店を当然愛してはいる。しかし在庫を調べるというのは地味な仕事だし、こればかりしていると最初にして唯一の投資に対する熱意もかすみそうになってしまう。

本当は店に出てもっと客の応対をしたいところなのだが、ミスター・ウォレスが言うには、貴族の身分やら何やらのせいで客が萎縮してしまうかもしれないらしい。これまで誰かを萎縮させたことなどないのだから大丈夫だろうとは思うのだが、この書店を売ってくれたミスター・ウォレスの忠告には従ったほうがいいとオリヴァーは決めていた。

ふたたびノックが聞こえた。こんどはさっきよりもずっと大きな音だ。オリヴァーはデスクのまわりに積みあげられた本の山を避けて歩き、裏手につながるドアを開けた。

「配達です」いかつい体つきの男性が、路地にある荷馬車を指差して言った。荷馬車につながれた馬が首を回し、穏やかな黒い瞳でオリヴァーを見た。男性は顎をなで、目を細めて手もとの配達票を確かめた。「オリヴァー・マースデン卿宛の荷物です。木箱が三つ。重いですよ」

新しい本だ。つまり整理しなければならない在庫が増えるということだが、それでも新しい本には心を躍らせる何かがある。もっとも新刊ではない。少し前に家族の知人が亡くなり、オリヴァーは先週みずから足を運んで図書室の整理を手伝ったのだ。未亡人はもっと多くの本を売りたがっていたのだが、オリヴァーの店には数箱ぶんを買い取る余裕しかなかった。

オリヴァーは配達票にサインをし、箱を事務所まで運んでもらった。配達員が最初のひと箱を大きな音を立てて床に落とすと、店に通じるドアの窓ががたがたと揺れた。あまりの重さにぶつぶつと不満を漏らしながら残りのふた箱を運ぶ配達員を無視し、オリヴァーはハンマーで木箱のふたをこじ開けた。

革表紙の本がきちんとおさめられているのを目にして、オリヴァーの心に誇らしさと興奮がこみあげた。心地いい感覚だ。これがはじめての仕入れということになる。店の在庫の内容を考慮して、オリヴァーが自分の知識を総動員して一冊ずつ慎重に選んだものだ。在庫の状況は心もとない。ミスター・ウォレスは小さいながらも素晴らしい書店をつくりあげていて、オリヴァーは長年この店に通っていた。しかし痛風を患い、高齢もあって、ミスター・ウォレスはロンドンから離れられなくなった。つまり、郊外へ買いつけに出られなくなってしまったのだ。ロンドンでは新しい本なら簡単に買えるが、本当にいい本は郊外に眠っている。それが、ミスター・ウォレスがオリヴァーに書店を売ろうと決めた理由のひとつでもあった。

店に通じるドアから女性客の声が聞こえてきた。満足した客が明るく笑っている。幸運にも、ミスター・ウォレスは店に残って客の相手をし、オリヴァーに商売を教えることを承知してくれた。祖母はオリヴァーが商売をすると聞いていい顔はしなかった。貴族というのは遺産を相続するか領地から収入を得るもので、こうした商売には手を出さない。中には商売という行為など考えるのすらおぞましいと思っている人々もいるのだ。だがオリヴァーが、今後は望む本を好きなだけ手に入れると約束すると、信じられないことに祖母は手厳しい批判を引っこめ、それ以来、罰あたりとも破廉恥とも俗物とも口にしなくなった。

膝をつき、一冊ずつ本を木箱から取り出した。配達のあいだに傷んだところがないか確かめ、ときおり本を開いて何ページか読んでみる。

数時間後、最後の木箱を空にしたオリヴァーは、閉店の準備をしてランプを消した。帰っていくミスター・ウォレスにおやすみの挨拶をし、正面の入り口に鍵をかけてポケットに真鍮の鍵をすべりこませる。

オリヴァーは街灯が照らす道を眺めた。さっきまで降っていた軽い雨のせいで、敷きつめられた石が光っている。向かいの店はほとんどがもう閉まっていて、窓も真っ暗だった。二頭の馬が引く黒い馬車がひづめの音を響かせて通過していき、開いた馬車の窓から陽気な話し声が聞こえてきた。

誰もいない家に戻るのだと思うと、オリヴァーの胸に恐怖にも似た感情がこみあげた。昼のあいだは書店の仕事でやることがたくさんあるので忙殺されているが、ひとたび夜を迎えれば話は別だ。ひとりでベッドに横たわるたびにヴィンセントを思う。それも毎晩だ。たとえいまよりひどいに決まっている心の痛みが待ち構えているとしても、ヴィンセントが与えてくれるものだけを受け入れる。オリヴァーの心は切実にそう願っていた。この三週間、何度自分の心に黙れと言い聞かせたことだろう。

オリヴァーにとって、本当の意味で友人と呼べる者はヴィンセントだけだった。酒場でともにグラスを傾けたり、賭場で待ち合わせをしたり、新しい仕事について語り合ったりするような、そんな相手は誰もいない。知人はいても心を許せる友人がいないのだ。

そして、ヴィンセントを避けつづけるのにはもううんざりしていた。

もういやだ。

オリヴァーは右に曲がって大通りに向かった。家に帰るのとは反対方向だ。もしヴィンセントが〈ホワイツ〉にいるならそれでもかまわない。暗闇に閉じこもって傷をなめるのはもう終わりにするのだ。同じ街に住んでいる以上、いずれ会うこともあるだろう。どうせ避けられないならば、懸命になってそのときを先に延ばす必要などない。


『V卿が兄のG卿の婚約者を奪い、今月末までに求婚することに十五ポンド賭ける。シェルバーン卿よりミスター・フランク・ウインターズへ』


オリヴァーはかろうじて息をつなぎ、もう一度、賭けのテーブルにあったその文を読んだ。あの運命の夜から三週間、ヴィンセントが顔を出しそうな場所を避けていたせいもあるが、実際に顔を合わせることはなかった。ヴィンセントからはなんの連絡もない。完全に音信不通の状態だ。

これで理由がはっきりした。

衝撃はすぐに消え去った。その代わりに裏切られた思いが血管をつたって全身を駆けめぐり、オリヴァーの身を焼いた。

「なんてことだ……」歯を食いしばり、悪態をこらえる。せっかく〈ホワイツ〉に来たのに、汚い言葉を吐いて追い出されるのはごめんだ。しかも……あの男のせいで。

オリヴァーは口もとをゆがめ、賭けのテーブルに背を向けて〈ホワイツ〉をあとにした。階段を駆けおり廊下を走っていると、人々が驚いて視線を向けてきたが、そんなことはどうでもよかった。玄関から表に出て、ポケットの中の小銭を確かめる。馬車代は充分にある。

「ヒル・ストリートの十二番地だ」客を待っていた馬車に乗りこみながら御者に伝えた。「急いでくれ」

鞭の音がして馬車が動きだした。

「くそっ、あのろくでなし！」

オリヴァーは座ったまま怒りをたぎらせた。まるで本当に身を焼かれているように全身が熱くなる。

なんて男だ。ヴィンセントがオリヴァーを公の場で避けつづけ、オリヴァーを社交界から遠ざけようとしていた理由があの賭けにあったとしたら……。

馬車が立派な大理石の邸宅の前でとまった。オリヴァーは馬車から飛びおり、金を御者の手に押しつけて言った。「ここで待っていてくれたら、あと二シリング払う」

真実を突きとめたいという衝動がオリヴァーを動かしていた。ヴィンセントの目を見て、彼の口から本当のことを聞きたい。オリヴァーは黒いドアの前に立ち、こぶしを握ってどんどんと叩いた。

ドアが開き、中年の男性が姿を現した。背が高く痩せた男性は黒い服を着て、背すじを真っ直ぐに伸ばしていた。顔にはなんの感情も表れていない。

オリヴァーは息をつき、普通に話ができる程度に鼓動がおさまるのを待った。この手の落ち着いた執事は半狂乱の人物を決して家にあげたりしない。「ヴィンセント卿にお目にかかりたい」

「ヴィンセント卿はご不在です」

〈ホワイツ〉でもなく、自宅にもいないとなれば、ヴィンセントはいったいどこにいるのだろう。娼館？

いいや、違う。それはない。他の男性と一緒のはずがない。

「どこに行った？」

執事が鼻を鳴らした。「ヴィンセント卿はご不在です」

オリヴァーは閉じられようとするドアを手で押さえた。「ぼくはオリヴァー・マースデン卿だ。ヴィンセント卿とは昔からの友人だ。今夜じゅうに話さなければいけない大事な用がある」

執事がオリヴァーの全身を上から下までじろじろと見た。自分がどう見えるかは承知している。お気に入りではあるが着古してすりきれる寸前の青い上着は、木箱から本を出したせいで前面がほこりだらけになっている。書店を閉める前に売り上げの台帳と格闘しながら頭をかきむしっていたので、髪はぼさぼさだ。最後にここを訪れてからもう何年もたっている。執事が覚えていなくても無理はないし、そもそも貴族と信じてもらえなくても文句は言えないのかもしれない。

執事が唇を結んだ。「ドルリー・レーン劇場です」それだけ言うと、音を立ててドアを閉めた。オリヴァーが身を預けるようにしていたことを思えば、たいした力だ。

劇場だって？　ヴィンセントはそんなところに興味はない。なぜ……？　いや、〝彼女〟の趣味なのだ。

二十分後、オリヴァーはポケットに残った小銭をぜんぶ叩きつけるようにして御者に渡した。劇場の扉は閉じられている。四組の対の柱に支えられた石造りの屋根つきポーチの下には、人の気配はない。オレンジ売りが何人か、劇場から出てくる客を待ってうろついていた。開いた窓から人の話し声が聞こえてくる。今夜の出し物はまだ終わっていないということだ。

オリヴァーは劇場の正面から少し離れた場所で待つことにして、大理石の壁に寄りかかり、腕を胸の前で組んだ。捨てられた恋人のようにヴィンセントを待つなんて、自分でもばかなことをしていると思う。しかし、この先の人生がかかっているとなれば、ここから立ち去るわけにもいかない。

街灯がキャサリン・ストリートを照らし、冷たい夜の空気にかすかな霧がたちこめてきた。劇場の壁が上着越しに背中を冷やす。オリヴァーは組んだ腕に力をこめて身をこわばらせた。

劇場の外に馬車が並びはじめた。御者たちが言い争い、入り口に近い位置を取り合っている。そのあいだもオリヴァーは、じっと正面の扉を見つめたままだった。

扉が開き、人々が流れ出すように表に出てきた。オリヴァーは息をつめて群集に目を走らせた。

そして、心臓が胸の中で激しく暴れはじめた。

黒のイブニングコートに身を固めて黒の帽子をかぶり、力強い顎の下に真っ白なタイをきちんと締めたヴィンセントが、劇場から姿を現したのだ。周囲の紳士や淑女たちよりも背が高いのでよく目立つ。だが、オリヴァーはたとえ群集が何千人いようとすぐにヴィンセントを見つけ出す自信があった。

組んでいた腕をほどき、右手を胸にやる。ベストの内ポケット、ちょうど心臓の真上の位置に忍ばせたピンを手のひらでそっと押さえた。身につけることは論外にしても、出かけるときにこのピンを寝室のくすんだ銀の皿の上に残していくことは、オリヴァーにはどうしてもできなかった。

ヴィンセントの横に若い女性が立ち、彼の腕に手をのせていた。嫉妬が胸を焦がし、オリヴァーはその女性をにらみつけた。あんな女性はヴィンセントにふさわしくない。鼻をつんと上に向け、明るい茶色の髪をきっちりと結いあげている。上品そうな薄いブルーのドレスが細い体を覆っている。冷たくてよそよそしげな、典型的な上流階級のレディーだ。

正反対の考えがいきなりオリヴァーの頭に浮かんだ。もしかしたら、だからこそヴィンセントにはお似合いなのかもしれない。

ヴィンセントは路上で立ちどまった。左右を見て馬車を探している。他の人々も立ちどまって、舞台の出来について話に花を咲かせていた。

〝立ち去るんだ、見つかる前に〟

ヴィンセントがふと肩越しに振り返った。澄んだ青い瞳がオリヴァーの視線を捉える。ヴィンセントは眉間にしわを寄せ、素早く知人たちのほうに向き直った。

オリヴァーの口の中に苦いものが広がり、胸がずきりと痛んだ。

〝気づいてももらえないのか〟

自分など、ヴィンセントの上等なイブニングコートについた糸くず程度の存在なのかもしれない。オリヴァーは惨めな気持ちで、ヴィンセントが連れの女性と後見人らしい年配の女性を、少し離れたところにとまっている馬車へと導いていく様子を眺めていた。紳士らしく、白い手袋をはめた手でまずは連れの女性を、つぎに後見人を馬車に乗せている。

ヴィンセントが馬車の扉を閉め、踵を返して人ごみの中を歩きだした……真っ直ぐにオリヴァーのほうに向かってくる。

緊張をはらんだ青い瞳に見つめられ、オリヴァーはその場に釘づけになった。前に足を踏み出すことも、背を向けて逃げ出すこともできない。

ヴィンセントがオリヴァーの正面に立ち、背中で手を組んだ。「やあ、マースデン」

茫然自失の状態からなんとか抜け出し、オリヴァーはヴィンセントの裏切りをあえて思い出した。もう一度怒りを取り戻すためだ。「本当だったんだね」壁に寄りかかったまま、ヴィンセントの厚い胸板から馬車へと視線を移す。馬車はヴィンセントを待ったまま動かず、従者が扉に張りつくようにして守っていた。

ヴィンセントが無表情を崩さないまま、一瞬だけ目を閉じた。

沈黙がオリヴァーの問いにイエスと答えていた。

オリヴァーの心に怒りがこみあげ、息が荒くなった。ヴィンセントはいつからあの女性と付き合いがあったのだろう？　他にも誰かいたのだろうか？　オリヴァーは社交の場に出ていなかったが、ヴィンセントは違った。いつから妻を迎えようと考えていたのだろう？　オリヴァーはまた馬車に目をやった。「きみが時間に遅れるようになったのは、彼女のせいなのか？」

身をこわばらせたヴィンセントが周囲を見回した。近くには誰もいない。もしいたとしても、人々の話し声や馬車の音でふたりの会話を聞かれることはないだろう。

「マースデン」ヴィンセントは低い声でオリヴァーをたしなめた。体面を気にしているのはあいかわらずだ。「大きな声を出さないでくれ、頼む」大きく息をつき、唇を厳格に引き締める。「父の意向なんだ。ハルステッド公爵がわが家と婚姻関係を結ぶことを望んでいるんだよ。グラフトンが公爵令嬢と結婚するには、その前にレディー・ジュリアーナとの関係を清算しないといけない。だから俺に、彼女と結婚しろと言ってきたんだ」

「いつそんな話になったんだい？」

「きみがドアを叩きつけて出ていった日だ」

オリヴァーは驚き、頭を振った。あの晩、用事と言っていたのはこのことだったのか？　父親と会っていたから時間どおりに訪ねてこられなかったのだ。「どうしてぼくに何も言ってくれなかった？」

ヴィンセントがしかたないと言わんばかりに片方の肩をすくめた。

「きみの父上は自分の野心のためにきみを利用しているだけだ。結婚したら、また見向きもしなくなるに決まってる」

「そうともかぎらないさ」

オリヴァーは鼻で笑った。セー・アンド・シール侯爵が次男のことを気にかけているはずがない。オリヴァー自身は、父にとって自分が無価値な存在だという現実をずっと昔に受け入れていた。そして現に借金に追われてロンドンを逃げ出すときも、父からはなんの知らせもなかった。ところがヴィンセントは成功し、世間に向けては冷静で何事にも動じないという顔をしていながら、父親からの敬意と愛情をどうしてもあきらめられずにいる。父親の考えを変えるのは無理だという現実を受け入れられないのだ。そもそもセー・アンド・シール侯爵は次男のことを何も考えていないのだから、なおのこと不可能だと言っていい。そしてヴィンセントはいま、父親への思いに突き動かされ、愛してもいない女性と生涯をともに歩む誓いを立てようとしている。

オリヴァーも、社交界が自分やヴィンセントのような若い貴族に何を求めているのかは承知していた。自分は祖母にも言ったように生涯結婚するつもりはない。しかし、ヴィンセントは完璧な紳士をめざして生きてきたのだ。当然それには結婚も含まれる。どうしてヴィンセントが実際に相手を選ぶ前に、そのことが思い浮かばなかったのだろう。

〝ばかなのはぼくじゃないか〟オリヴァーは自分がいやになって天を仰いだ。

「〈ホワイツ〉で賭けの対象になっていたよ。今月中にきみが結婚するかどうかでね。ぼくはどっちに賭けたらいい？」

ヴィンセントが押し黙り、重たい空気があたりに漂った。

オリヴァーはうなずいた。「きみの気持ちはわかるよ。関心を払ってほしい相手の頼みを断るのは難しい」

ヴィンセントが顎に力を入れた。口もとを引き締め、眉間に深いしわを寄せる。目の下にはくまができていた。疲れきり、心をすり減らしている。追いつめられているのだ。ハンサムな顔はとても幸せそうには見えなかった。

オリヴァーの心に強い感情が湧きあがった。あと少しで決意が屈しそうなほど強い感情だ。手を差し伸べ、ヴィンセントの不安を癒やしてやりたかった。そばにいて話を聞き、のしかかる重荷を降ろす手伝いをしてあげたい。

しかし、オリヴァーは壁から背を離してヴィンセントに背を向けた。

長い指がオリヴァーの腕をつかみ、振り向かせた。

「待ってくれ」

オリヴァーは下を向き、歩道のセメントに入ったひびを見ながら、ヴィンセントの手を振り払おうとした。

ヴィンセントが一瞬力をこめ、オリヴァーの腕に指を食いこませたが、すぐに力強い手を離した。

「きみがいなくて寂しいよ」

穏やかなかすれ気味の声がオリヴァーの首すじをくすぐった。まるで優しい愛撫のようだ。心が粉々に砕け散ってしまいそうになる。だがオリヴァーは顎をあげて前を向き、ヴィンセントから遠ざかっていった。

7

ヴィンセントはたたんだコートの上に帽子を置き、馬車の窓から外をぼんやりと眺めた。劇場はあたたかいはずだったのでコートは馬車に残しておいたのだ。レディー・ジュリアーナと彼女のおばのミセス・コールドウェルが向かいの座席に座り、今夜の演目について話していた。女性らしい高い声が際限なく馬車の中に響いていたが、ヴィンセントはほとんど聞いてもいなかった。

オリヴァーに会いたい。ただ姿を見て、そばに近づいただけでなんとも言えない充実した気分だった。そして同時に、このうえなくつらかった。腕を組み、豊かな唇を不服そうにゆがめているのを見て、オリヴァーがこちらを歓迎していないのはすぐにわかった。いいかげんな結び目の曲がったタイも、オリヴァーの心がすでに自分から離れていることを思い起こさせた。それでも、たとえむごい真実を顔めがけて投げつけられようとも、ヴィンセントは声をかけずにはいられなかったのだ。

自分が父の駒にすぎないという自覚はあったものの、オリヴァーの口からそう言われるのは意味がまるで違っていた。ほんの少し言葉を交わしただけで、すべての事情を心のうちにいたるまで見抜かれてしまったのだ。ヴィンセントは裸にさせられたように自分のもろさを痛感し、無力感にさいなまれていた。かつて、いまほど友人の存在を必要としたことはない。

だがオリヴァーの茶色の瞳に浮かんでいたのは同情ではなく、軽蔑と哀れみだけだった。進んで駒に甘んじようとする軟弱者にはちょうどいい。

ヴィンセントは首のうしろを揉んだ。こんな情けない自分を一人前の男だと思ってきたのか。みずからを呪う言葉が口を突いて出そうになるのをなんとか押しとどめる。一人前の男なら、こんなふうに妥協を重ねて操られるがままになったりはしない。

かつてヴィンセントにとって、結婚とはぼんやりとした非現実的なものであって、真剣に考える対象ですらなかった。だがここ最近の状況の変化で、身近なものとして考えざるを得なくなった。結婚などしたくない。それが結論だ。

ベッドをともにする相手はオリヴァー以外に考えられない。

その思いを心の奥深くの、決して日のあたらないところに押しこめてひた隠しにし、自分自身を否定しつづける。そんな状況が三週間も続き、ヴィンセントはずっと地獄で拷問を受けている心境だった。こんな心境に一生耐えていけるだろうか？

無理だ。

自分に必要なのはオリヴァーなのだ。疑問に思っても、否定してもはじまらない。自分でもうまく説明できないが、オリヴァーに縛りつけられている。

ヴィンセントははっきりと認めた。疑う余地のない真実がたしかな重みを持って骨までしみ渡り、気持ちを落ち着かせた。自分はオリヴァーのものだ。レディー・ジュリアーナのものではない。

道沿いにきれいに並んだ家々から、向かいの席に座る若い女性に視線を移す。レディー・ジュリアーナはまだおばと今夜の舞台について話していた。隣の女性にうなずきかけながら、細い肩にかけられた象牙色のショールを直している。ヴィンセントは何度も彼女を誘い、一緒にハイド・パークを馬車で散策した。それなのに、いまだにこの女性のことをほとんど知らない。紅茶は砂糖なしのほうが好きらしく、雨も嫌いではないようだ。そして、心にはいまもグラフトンへの想いを秘めている。ヴィンセントが兄の話をするたびに目を輝かせ、唇の端をかすかにあげて微笑み、いつもの礼儀正しさをわずかに崩してうっとりとした表情になるのだ。

レディー・ジュリアーナもまた、ヴィンセントのものではなかった。大きな力に強制されて、ヴィンセントと結ばれようとしているだけだ。それは彼女にとっていいことのはずがない。

だが、ことがここまで進んでしまったいま、いったい何ができる？　準備は整っている。父がヴィンセントに〝頼みごと〟をする前から、すでに結果は決まっていたのだ。

ヴィンセントは唇を真一文字に結んだ。

そもそもはじめからするべきだったことをするまでだ。しかし、まずはレディー・ジュリアーナの許しを得なければならない。けっきょくのところ、将来がかかっているという点では彼女も同じ立場にいるのだから。

馬車がレディー・ジュリアーナの家の前でとまった。メイフェアに立ち並ぶ他の建物とよく似た白い邸宅だ。従者が足場をおろす金属音につづいて扉が開いた。レディー・ジュリアーナと彼女のおばが礼儀正しく今夜の礼を言い、おやすみを告げた。

ミセス・コールドウェルが先に馬車を降りた。レディー・ジュリアーナも座席から体をずらして扉に近づき、おばのあとに続こうとする。ヴィンセントは身を乗り出し、開いた扉の一部を肩でふさいだ。

「待ってください、レディー・ジュリアーナ」驚いた表情の彼女に向かって言葉を続ける。「少しだけお時間をいただけますか？」

オリヴァーと違い、レディー・ジュリアーナはヴィンセントの願いを聞き入れた。腿の上にきちんと両手を重ね、礼儀正しく話を聞く表情をつくった。

「ひとつおききします」玄関に向かって歩いている彼女のおばに聞かれないよう、ヴィンセントは声を落とした。「ぜひ正直に答えていただきたいのです」

レディー・ジュリアーナは表情を崩さずにうなずき、ヴィンセントに先をうながした。

「もし選択の権利があるとしたら、あなたはどちらと結婚したいですか？　わたしですか、それともグラフトンですか？」

ヴィンセントは書斎に入ってドアを閉めた。

父は暖炉の脇にある黒い革張りの安楽椅子に座り、新聞を読んでいた。もう夜の九時だというのに、身なりはたったいま従者が整えたかのようにきちんとしている。銀色の髪はなでつけられ、紺色の上着にはしわひとつない。そばのテーブルに置かれたブランデーだけが、じきに就寝の時間だということを物語っていた。

あと十分到着が遅ければ、ヴィンセントは翌日まで待たされていただろう。

冗談じゃない。たとえそうなっていたとしても、ヴィンセントはどんな手段を使っても今夜のうちに父と話すつもりでいた。もはやひと晩も待てない。すべての住人が喜んで膝を屈するセー・アンド・シール侯爵の、整然とした小さな世界を正すのだ。

ヴィンセントは断固たる決意を胸に部屋を横切り、暖炉のそばに向かい合って置かれたもう一脚の安楽椅子の脇に立った。「父上、お話があります」

父は新聞から顔もあげなかった。「大司教から特別許可を得るのに手助けが必要なのか？」

「いいえ。レディー・ジュリアーナとは結婚しません」

「断られたのか？」父はあいかわらず新聞に視線を落としたまま手を伸ばしてグラスを取り、ブランデーをひと口飲んだ。「わたしがあの娘の父親と話そう。娘はおまえとの結婚を受け入れるはずだと言っていたんだがな」

「彼女には求婚していません。これからもする気はありません」

その言葉がようやく父の関心を引いた。「わたしの言うとおりにしろ」

ヴィンセントは首を振った。「グラフトンが彼女を気にかけています。何より、彼女はグラフトンを愛しています」愛とはなんなのか、いまではよくわかる。オリヴァーが教えてくれたのだ。さっき問いかけたとき、レディー・ジュリアーナが恥ずかしそうにグラフトンの名をささやいた表情も愛情に満ちあふれていた。

どうでもいいと言わんばかりに、父が手を振った。「そんなことは関係ない。グラフトンは公爵令嬢と結婚して義務を果たす。おまえも同じだ。レディー・ジュリアーナを放り出すことは許さん」

ヴィンセントは恐ろしいものを見るような目つきで呆然と父を見つめた。この男は、本当に息子たちの幸せに関心がないのだ。いままで父の関心を切実に求めてきた。完璧な息子であろうと何年も懸命に努力を重ねてきたのに、すべては無駄だったのだ。

もう二度と口をきいてくれないかもしれないが、オリヴァーには感謝しなければならない。友人が厳しい態度を取ってくれていなければ、ヴィンセントの将来の姿は〝これ〟だったのだ。冷酷で、孤独で、仕事と社交界での評判がすべての男。たしかに外見は父そっくりに生まれついたのかもしれない。だが、それ以外の部分まで受け継ぐのはごめんだ。

「レディー・ジュリアーナを放り出しはしません。醜聞にもならないでしょう。わたしに求婚を押しつけて、醜聞をつくり出す必要もないんです。そんなことをしても、父上とグラフトンの名に傷がつくだけだ。ここしばらくわたしが彼女と親しくしていたのは、兄の代わりにエスコート役を務めていただけです。彼女が劇場に行って楽しめるようにね。グラフトンが郊外にいるあいだに婚約者を奪うなど、それこそ恥ずべき行為だ」

父の首や耳、そして頬が真っ赤に染まった。怒りに顔をゆがめている。父のこんな表情を見るのははじめてだ。自分の望みを無視されるのはお気に召さないというわけだ。なんと不幸なことか。

父が勢いよく立ちあがり、新聞を床に投げつけた。「おまえもいずれは結婚しなければならん。ならば彼女と結婚しろ。すぐにだ。それがおまえの義務なんだ。跡取りのことも考えろ」

「まだしばらく落ち着く気はありません。結婚する理由もない。わたしはまだ二十四歳なんです。相手を選ぶ時間はたっぷりある」父の怒った姿を目の当たりにしても動揺せず、落ち着いて自分を保っていられる。心のどこかでそのことに驚いている自分がいた。だが、ヴィンセントにはわかっていた。これはほんのはじまり、いわば練習にすぎないのだ。この家を出たあと、本番が待ち構えている。「もしあと十年たって、グラフトンに跡継ぎができなかったら話し合えばいいことです。それまで喜んで待ちますよ」その可能性はかぎりなく低いだろう。ヴィンセントの印象が正しければ、グラフトンは十年が過ぎるまでに跡継ぎに恵まれているはずだ。

「グラフトンには、わたしと公爵の約束どおりに結婚する義務がある」

「いいえ。グラフトンが尊重しなければならないのはレディー・ジュリアーナへの気持ちです」兄がロンドンに戻りしだい、そうするように説得してみせる。

父が鼻をふくらませ、青い目を飛び出さんばかりに見開いた。「結婚しなければ、おまえを勘当する」

ヴィンセントは肩をすくめた。それがいままでとどう違うと思っているのだろう？　もっとも、今後は父の意見に耳を傾けるつもりもない。

「おまえへの援助を打ち切る」父が有無を言わせぬ口調で怒鳴った。こぶしを体の脇で握りしめ、歯を食いしばっている。普段の厳粛なまでの冷静さは跡形もなく失われていた。あまりの落差に、ヴィンセントは噴き出しそうになった。

「必要ありません。ロザラムの領地を覚えていますか？　父上がわたしに譲ってくれなかったさびれた土地です。一年ほど前にわたしが買い取りました。もっと高値をふっかけるべきでしたね」ヴィンセントは言葉を切った。誇りが胸にこみあげ、笑みを浮かべる。「いままででいちばんの投資でしたよ。では父上、おやすみなさい」

それを最後に、ヴィンセントは真っ赤な顔をして口を開けたままの父にお辞儀をして、踵を返した。


こんなに階段がたくさんあったのだろうか？　心臓が胸の中で暴れ回り、飛び出してこないのが不思議なくらいだ。踊り場までたどりつくと、ヴィンセントは方向を変えてつぎの階段に向かった。しばらく訪れなかったあいだに建て増しでもしたのではないかと思えるほど、道のりが長く感じられる。

最後の一段までのぼりきり、ヴィンセントは立ちどまって目を閉じた。なんとか胸の鼓動を落ち着かせ、平常心を取り戻そうと試みる。

当然、無駄な試みだ。

足を無理やり動かし、右手にあるドアに向かった。

首のうしろを汗がつたい、きっちりと締められているシャツのカラーにしみこんでいった。ヴィンセントは手袋をはずしてコートのポケットにねじこみ、タイを引っぱった。コートは馬車に置いてくるべきだったろうが、十月の冷えた夜にひとりで歩いて帰るときのことを考えると、そうするわけにもいかなかった。コートのボタンをはずし、ドアを叩こうと手をあげる。なんということだ。ヴィンセントの手は震えていた。

こんな気持ちになったのははじめてだ。切実に何かを必要とし、自分がうまく立ち回れるかどうか恐れている。オリヴァーの求めるものはわかっていた。もう何年も自分を偽り、数えきれないほど何度も、ありのままの自分を拒否してきた。もしオリヴァーを取り戻そうとするのなら、言わなければならない言葉は充分すぎるほどにわかっている。だが、オリヴァーに心を開き、ありのままの自分を投げ出し、主導権を握るのをあきらめて自分自身を完全にさらけ出すとなると……。

やはりどうしても恐怖を覚えてしまう。

しかし、ヴィンセントの決意は固まっていた。オリヴァーの言ったことは完全に理解した。こんどはこちらの話を聞いてもらう番だ。

だが、オリヴァーが聞きたくないと言ったら?

またしても去られてしまったら?

オリヴァーがすでに自分を愛していないとしたら?

ヴィンセントは手を伸ばしてドアの枠をつかんだ。そうでもしないと膝から崩れ落ちてしまいそうだった。

〝よせ!〟

不安にさいなまれていてもしかたがない。自分の足で立っていられなくなり、言葉すら操れなくなるまで怯えていたところで、それこそ無意味というものだ。どのみちこのドアをノックしなければ、永遠に答えを見出すことなどできない。

〝さあ、やるんだ〟

ヴィンセントは上着の裾を引いて真っ直ぐに整えた。タイの結び目がきちんと中央にあるかどうかを確かめてから、ドアを一度だけ叩いた。

8

オリヴァーはがたつく手すりを握ったまま、階段のいちばん上に立ってまばたきを繰り返した。間違いない。ヴィンセントがドアを背に寄りかかっている。両手を体の前で組み、脚を開き気味にして、まるで警護の者だ。黒くて長いコートを着ているので肩幅がいっそう広く見え、背後のドアをほとんどふさいでいる。

「どこへ行っていたんだ？　二十五分も待っていたんだぞ」

ヴィンセントの詰問口調がオリヴァーの衝撃を追い払った。歩いて帰ってくるあいだに骨までしみこんだ寒さもかき消え、激しいいらだちがこみあげてきた。待つのはお気に召さないというわけだ。それにしても、ヴィンセントはいったい何をしにきたのだろう？こちらの考えははっきりと伝えたはずだ。もうかかわり合いになるのはごめんだというのに。

もしヴィンセントがまだこちらをわがもの顔に支配し、都合のいい欲望のはけ口としていつでも利用できると思っているなら、とんだ大間違いだ。

〝傲慢なろくでなしめ〟

オリヴァーが鍵をポケットから出し、距離をつめてにらみつけると、ヴィンセントは大きな体を動かしてドアの前を空けた。真鍮の鍵を鍵穴に差しこんでドアを開く。ふたりの体が触れ合うことはなかった。

「どこへ行っていたんだ?」ヴィンセントがふたたび尋ねた。

オリヴァーは小さなテーブルの上のろうそくに火をともした。弱々しい金色の光が雑然とした応接室を照らし出す。ヴィンセントもオリヴァーのうしろに続いて部屋に入ってきた。答える義務などない。ヴィンセントには関係のないことだ。それに、避けようもない現実と直面するのが怖くてわざと遠回りして帰ってきたことなど、いまさら教えたところでどうなる? 三週間もたったというのに、無人の家に帰ってくるたびにオリヴァーの心は引き裂かれそうになるのだ。長い孤独な夜が待ち構えていると思うと、激しく胸が痛む。

ヴィンセントが玄関のドアを閉める音がした。

オリヴァーは歯を食いしばった。まったく、ヴィンセントはいい度胸をしている。

口を嘲笑の形にゆがめ、オリヴァーはマッチ箱を引き出しに投げ入れて勢いよく閉めた。

「結婚式の招待状でも持ってきたのかい? もしそうならお気づかいなく」セント・ジョージ教会の座席に座り、ヴィンセントとあの女性の結婚式を目の当たりにする。そんな芸当をオリヴァーが平気でできると思っているなら、ヴィンセントは本当に頭がどうかしてしまったに違いない。もちろん式は、セント・ジョージ教会で行われるに決まっている。ロンドンでもっとも洗練された教会だ。

ヴィンセントがコートを脱ぎ、しわができないようにきちんと時間をかけて自分の腕にぶらさげた。コートが正しくぶらさがっているのを確かめてから顔をあげ、オリヴァーの顔を真剣な表情で見つめた。「いいや。賭け事には気をつけろと忠告しにきたんだ」

どう反応していいのかわからず、オリヴァーは暖炉に歩み寄った。腰をおろして薪をくべ、火を起こして体を動かしつづける。たしかにさっきヴィンセントに、近々結婚するという賭けのどちらに張るべきかをきいた。その話だろうか。まさかあの女性とは結婚しないと言いにきたのでは？

確かめるには、きいてみるより他にない。

「あの女性と結婚するんだろう？」オリヴァーは火箸で薪をいじりながら尋ねた。炎があがり、煙突まで届きそうになる。薪がぱちぱちと音を立て、心地よいあたたかさが少しずつ広がっていった。秋と冬はすりきれた茶色のカーテンを閉めきっているが、部屋を冷気から守る役には立っていない。

床を踏む足音が響いた。一回、二回、三回。部屋がふたたび静まり返った。

「いいや」

暖炉を囲む煤だらけのレンガに火箸を立てかける手が、かすかに震えた。オリヴァーが立ちあがって振り向くと、わずか一歩離れたところにヴィンセントが立っていた。コートはいつの間にか、近くにある椅子の背にかけられている。「どうして？　きみの父上の望みなんだろう？」ヴィンセントに、侯爵閣下の望みにかなわぬ行動など取れるわけがない。オリヴァーは投げつけるように言った。

ヴィンセントが肩をすくめた。がっしりとした体が気まずそうに震えている。体の正面で組んだ手に力がこもり、真っ白になっていた。「彼女の気持ちは俺より兄に向いている。グラフトンを愛しているんだよ」

「ばかな女だ」

「まあね。でも彼女を責める気はない。俺は一緒にいて人を落ち着かせる人間じゃないし、たぶん夫としては最低だ」ヴィンセントはそわそわと体を揺らし、自分の足もとを見てからふたたびオリヴァーに視線を戻した。「それに、その……俺はきみのことが好きなんだ」

心臓が胸の中で跳びはねたが、オリヴァーはどうにかして平静を装い、だるそうに言葉を発した。「好き？　いまさら？」

「ああ。きみを愛している」

オリヴァーはあんぐりと口を開けた。ヴィンセントはいま、なんと言ったのだろう？

あまりにも長いあいだその言葉を待ち望んでいたせいで、耳がおかしくなって幻聴でも聞いたのだろうか？

「俺がばかだった。謝るよ。きみをずっと待たせておくなんて失礼だし、傲慢だった。外で距離を置いていたことも、心からすまないと思ってる。でもそばにいると、きみが欲しくてたまらなくなってしまうんだ。それを他の人間に気取られるのが怖かった」ヴィンセントは頭に手をやり、きちんと整えた髪がくしゃくしゃになるまでかきむしった。「あの夜きみが言ったことはぜんぶ覚えている。忘れられないんだ。忘れるつもりもない。誓うよ。もう二度とあんな愚かで頑固なまねはしない。もしきみがもう一度チャンスをくれるなら、オリヴァー、俺は……」

オリヴァーはヴィンセントに向かって身を投げ出した。言葉をさえぎり、がっしりとした体を壁に押しつける。指を黒い髪にからませて顔を下に向かせ、唇を強く重ねて口をむさぼった。歯をこじ開けて舌を深く差し入れ、ヴィンセントの舌とからませる。

どれだけそうしても足りないと言わんばかりに、オリヴァーはヴィンセントの硬くたくましい体に強く体を押しつけた。力強い腕が腰に回され、息もできないほどに抱きしめられる。だが息苦しさなどまるで気にならない。ヴィンセントがこちらを上回るほどの切実さでキスを返してきているのだ。

オリヴァーはヴィンセントにすべてをゆだねた。髪をつかんでいた手をおろして幅広の肩の上に置き、情熱的なキスに完全に身を任せる。愛情が口からじかに伝わってくるようだ。

やがてキスが軽いものに変わっていった。ゆっくりと唇と唇を触れ合わせ、ヴィンセントがオリヴァーの下唇を軽くかんでキスを終わらせた。あたたかい吐息がオリヴァーの顔にかかる。

「いまのはイエスということかい？　もう一度チャンスをくれるのか？」ヴィンセントが低い、まだどこか不安そうな声で尋ねた。オリヴァーは耳ではなく、ヴィンセントの震える胸からじかにその言葉を感じ取った。

「うん。ぼくをオリヴァーと呼んでくれたね」オリヴァーは目を開けてささやいた。ヴィンセントがいままで聞いたこともない歯の浮くような台詞を並べ立てたとしても、湧きあがる興奮を心に押しとどめておくことはできたはずだ。だが自分の名を呼ばれた瞬間、オリヴァーはもはや感動を抑えていることができなくなった。友情を結んでから十三年間、一度もオリヴァーと呼ばれたことはなかった。ヴィンセントが心を開いてくれた何よりのあかしだ。

ヴィンセントが厳粛な表情でうなずいた。微笑んでいるオリヴァーとは正反対の厳しい表情だ。オリヴァーの肩にやさしく手を置き、ヴィンセントは一歩さがって距離を置いた。タイの結び目に手をやって強く引く。「あの夜のきみの言葉は覚えている。一言一句」喉ぼとけを大きく動かし、ヴィンセントがごくりとつばを飲んだ。「きみの好きなようにしてほしい」

オリヴァーは信じられないという表情で、ヴィンセントが手にした白いリネンのタイを見つめた。

「俺を縛って好きなようにしてくれていい。きみが望むようにしてほしいんだ。俺はきみのものだ、オリヴァー。永遠にね」

ヴィンセントが主導権を捨て去り、すべてをゆだねようとしている。とてもではないが信じられない。「きみは本当にぼくを愛しているんだね」

「そうだ」

心がいまにも喜びで破裂しそうだ。オリヴァーは頬がゆるみそうになるのを懸命にこらえた。難しい状況だ。かわいそうなヴィンセントは萎縮しきっている。決意は固まっているものの、人に服従すると思うと恐ろしくてしかたがないのだろう。いまは心にこみあげる喜びを解き放って、笑ったりするべきではない。こんなときに笑うなんて愚か者のすることだ。

「そんなに怖がらないで、ヴィンセント。きみを縛ったりしないよ」オリヴァーはヴィンセントのタイを受け取り、そのまま床に落とした。「でも、きみがマダム・ドラクロアの娼館でズボンに手をかけたときから、したかったことがあるんだ」

「したかった？　何を？」

微笑みを押しとどめ、オリヴァーはいたずらっぽく片方の眉をあげて上着を脱ぎはじめた。ゆっくりと時間をかけてボタンを丁寧にはずしていく。祖母の家政婦に上着とベストのボタンを縫いつけてもらうために、スコーンをひと箱余分に買っていくことになったのだ。そのときは余計なことをきかれずにすんだが、同じことを繰り返して運を試す気にはなれない。ボタンをはずし終えると、オリヴァーは手首をひねって上着を椅子の上に投げ捨てた。

眼鏡もはずしたほうがいいだろう。これからすることには必要のないものだ。それに、ヴィンセントははっきり見えるほど近くにいる。

開け放した寝室のドアの脇にヴィンセントを立たせたまま、オリヴァーは眼鏡をはずして暖炉の上に置いた。寝室に移ったほうがいいだろうか？　いや、タイを床に落としたので恐怖はだいぶ薄まってはいるが、ヴィンセントはまだ不安を隠しきれない様子だ。動くように頼んだら玄関のドアに向かって駆け出し、ここから逃げ去ってしまうかもしれない。

だいいち、オリヴァーとて自分が主導権を握ることに居心地の悪さを感じていないわけではないのだ。何度かは男性を抱いた経験があるものの、それはもう何年も前の話だ。相手に抱かれ、身をゆだねるほうがオリヴァーは好きだ。だが、ヴィンセントを好きにできると思うと興奮が沸き立ち、血管を流れる血までもが踊り狂って胸がどきどきする。それは否定しようもない事実だ。

触れるのもキスするのも思いのまま、好きなようにできるのだ。

ヴィンセントに背を向け、暖炉の上のろうそくに火をともす。オリヴァーはようやく顔に笑みを浮かべた。

「俺はどうすればいい？」ヴィンセントがきいた。

「何もしなくていいよ。じっとしてて」

オリヴァーは顔の笑みを消し、ヴィンセントのもとに戻った。期待に震える手で装飾用の布を張ったボタンに触れ、ヴィンセントの上着とベストの前を開けていく。ヴィンセントがみずからやったほうがはるかに早いだろうが、自分の手でゆっくりと、男らしくたくましい筋肉をあらわにしたかった。ヴィンセントの体は天からの贈り物そのものだ。いままでこれほど自由に堪能できたことはない。

ベストには懐中時計が入っている。脱がせる前に取り出さなくては。時計を取ってみずからのポケットに入れると、オリヴァーは黒いサスペンダーをヴィンセントの肩からずらして落とし、白いシャツの裾をズボンから引き出した。

「シャツは自分で脱いで。きみは背が高すぎる」

ヴィンセントがうなずく。「きみの言うとおりにするよ、閣下」

「だめだよ。そんなふうにぼくを呼ばないで」その呼び名はヴィンセントだけのものだ。自分にはふさわしくない。オリヴァーは顔に落ちかかった髪のあいだからのぞく片方の目でヴィンセントを見あげた。「まあ……きみがどうしてもそう呼びたいなら別だけど」

ヴィンセントが眉間にしわを寄せた。「オリヴァー卿は？」

「やっぱりただのオリヴァーがいいな。きみがそう呼んでくれるのをまだ何回も聞いていないし」

ふたたびうなずき、ヴィンセントはようやくかすかな笑みを浮かべた。「仰せのままに、オリヴァー」シャツを頭から脱ぎ、隆起した腹筋と広い胸をあらわにする。ヴィンセントが両手をあげたときを捉えて、オリヴァーは指先をたくましい腕の裏側に走らせた。柔らかくなめらかな感触だ。そのまま指先をヴィンセントの脇腹へと動かしていく。

ヴィンセントの体がぴくぴくと動いた。

笑いをこらえているのだろうか？

ヴィンセントがくすぐったがりだとは思ってもみなかった。こんな反応を見せるとは思えない体つきをしているのに。でもこれでわかった。ここだ、腕の下の小さな場所。ここに触れると……。

「オリヴァー」ヴィンセントが抗議の声をあげ、オリヴァーの手から逃れようと身をよじった。あわてたように手をシャツから引き抜いて床に落とす。

「くすぐったがりなんだ」オリヴァーはその小さな事実を大切な宝物と思って心にしまいこんだ。愛する男性のこんな親密な部分を知る。なんて素敵なことだろう。

ヴィンセントが難しい顔をしているのをよそに、オリヴァーはひざまずき、ズボンのボタンに手をかけた。素早く指を動かしてはずしていき、ズボンとズボン下を一緒に引きおろしてヴィンセントの長い脚をあらわにした。

靴も忘れてはいけない。オリヴァーはヴィンセントの靴を脱がせ、ついに一糸まとわぬ姿にした。

膝に力を入れて立ちあがろうとしたが、ちょうど視線の高さにあるヴィンセントのものが目に入った。まだ完全にはいきり立っていないそれが発する誘惑に逆らえず、先端に舌をそっと走らせる。ヴィンセントがあえぐような声を漏らした。こらえきれずにたくましい腿に手をあててかがみこみ、顎をあげてヴィンセントの先端を口に含んだ。そのままひと息に根もとまでくわえこむ。

オリヴァーが視線をあげると、ヴィンセントが青い瞳を輝かせて腰を引いた。一度強く吸ってから、なめらかな肌の上に唇を走らせる。彼のものが完全に口から離れると、オリヴァーは先端にそっとキスをしてから重心を移して立ちあがった。手をヴィンセントの腿から腹、そして胸へと動かしていく。指先でたくましい胸をまさぐって相手に触れる歓びを堪能し、舌で胸の先端を愛撫してじっくりと味わった。

オリヴァーは鼻をヴィンセントの胸に押しつけた。思いきり息を吸いこみ、芳香で鼻孔を満たす。なめらかな肌の匂いと冷たい夜の空気の匂い、そしてかすかに汗と欲情の匂いが入りまじっている。オリヴァーは身を震わせた。どれだけヴィンセントが恋しかったことか。

感情が高ぶって喉をつまらせる。本来の目的を忘れてしまう前に、オリヴァーは一歩うしろに身を引いた。「うしろを向いて」

時間がたてばヴィンセントも拒絶の仕草を見せることなく、落ち着いて反応できるようになるかもしれない。だが今日のヴィンセントにとっては、はじめて足を踏み入れる未知の世界なのだ。オリヴァーはヴィンセントが従うまで辛抱強く待った。

「それから手を壁について。ぼくがいいと言うまで離してはだめだからね」

ヴィンセントの吐く息が震えていた。頭をさげてうつむき、壁に手をついて脚を大きく広げた。

これじゃだめだ。立つ位置が壁に近すぎる。オリヴァーはヴィンセントの腰を引き、両腕が伸びきる位置までさがらせてから腰を突き出させた。

腰に指を走らせ、ゆっくりと尻に近づけていく。ヴィンセントの尻にぎゅっと力がこもった。それだけではない。ふくらはぎから腕まで、全身の筋肉ががちがちにこわばっている。緊張し、拒否したい心と懸命に闘っているのだろう。

オリヴァーはヴィンセントににじり寄り、うしろからそっと腰を抱いた。すっかり萎縮しきった彼のものを手でやさしく愛撫する。「怖い?」

ヴィンセントが咳払いをして答えた。「少し」

「怖がることはないんだ」オリヴァーはヴィンセントの肩甲骨のあたりに唇をつけ、ズボンの中で大きくなったみずからの欲望のあかしをヴィンセントの尻に押しつけた。ヴィンセントがびくりと全身をこわばらせる。かわいそうに。こんなふうに彼を怯えさせておくなんて、これ以上できるはずがない。「落ち着いて、ヴィンセント」恋人の肌にそっと歯を立て、両手でゆっくりと、我慢強く優しく体の脇をさする。「ぼくはきみを抱きたいわけじゃないんだ。今夜はね。将来、きみが望むならそうするかもしれない。でもね、きみが心の底から望んでそうしてくれと言わないかぎり、ぼくがきみを抱くことはないよ」

いつかヴィンセントが〝オリヴァー、お願いだ。きみが欲しい〟という言葉を口にする。なんて甘美でみだらな想像だろう。そして、もしオリヴァーが正しく導くことができれば、実現するのは間違いない。だけど今夜は違う。ヴィンセントにとっては何から何まではじめての経験なのだ。好きにしていいと口では言ってくれたものの、まだ一足飛びに先に進む心の準備はできていない。そしてオリヴァーにとってもそれは同じだ。

「それなら、きみの望みはなんなんだい？」

「うん」オリヴァーはつぶやき、ヴィンセントの背骨に沿ってキスをしていった。「これだよ」

9

熱く湿った感触が尻の中心を走り、ヴィンセントは目を見開いた。衝撃が脳を直撃して思わずつま先立ちになると、腰をつかんだオリヴァーの手に力がこもって元の位置に引き戻された。なんということだ……オリヴァーが……尻をなめているのか？　舌を肌にぴったりと押しつけ、両脚の付け根から秘部、そしてその上へとヴィンセントの尻の中心線を丹念になめあげている。

熱く濡れた、破廉恥な一本の道ができあがっていった。

オリヴァーが望んでいたのは……これなのか？　ヴィンセントはこんな行為に名前があるのかどうかすらも知らなかった。あの娼館でズボンを脱いだときにオリヴァーの心に生まれた願望というのは……これだったのか？

なんということだ。

全身の筋肉がこわばり、身をよじって親密な侵略から逃れようとしている。だがヴィンセントは歯を食いしばり、意志の力でみずからの体を抑えてじっと耐えた。オリヴァーに好きにしていいと約束したのだ。たとえこれまでないほどに無防備で、無力に感じられるとしても、その約束を破ることはできない。

だが、苦悩はヴィンセントの想像を絶していた。濡れた舌に肌をまさぐられ、秘部をなぞられ、そして……。

「オリヴァー」秘部を強く吸われた瞬間、ヴィンセントは苦しげに相手の名前を口からしぼり出した。背骨が石のように硬くなり、すさまじい衝撃としか言いようのない感覚が神経を揺さぶる。なんとふしだらな行為だと頭は叫んでいるのだが、彼のものはその叫びをまるで無視している。

オリヴァーの舌が秘部に触れるたびに、ヴィンセント自身の欲望が刺激された。甘く激しい禁断の欲望だ。いままで経験してきたことすべてから遠くかけ離れていた。精の源やみずからの分身だけではなく、腰のあたり全体が熱くほてっている。ヴィンセントは自意識と盲目的な歓びのはざまに立たされていた。

低く鼻を鳴らし、みだらに息をしながら、オリヴァーがさらに舌を動かした。なめ、突き、そしてまた吸う。ヴィンセントはこらえきれずに喉からあえぎ声を漏らした。

信じられないほど器用な舌が秘部から離れ、腰へと動いていく。やめないでくれという懇願が喉までこみあげてきた。あとほんの少し、舌先までその言葉が出かかっていた。すんでのところで口にしてしまうところだ。しかしオリヴァーの舌が背中までのぼってくるあいだ、ヴィンセントは顎をきつく引き締めて必死に耐えていた。

ズボンの柔らかなウールの感触が脚に触れた。オリヴァーが立ちあがったのだ。肩甲骨のあたりに熱くまとわりつくような吐息がかかる。その息にはオリヴァーの欲望が入りまじっていた。ヴィンセントはその欲望をありありと感じ取ることができた。

「きみが他の男に抱かれたことがないのは知ってる。だからぼくも頼むつもりはないよ。きみは前もそう言っていたしね。でも……」オリヴァーがヴィンセントの尻をさすり、指先を濡れた秘部に走らせた。「自分でしたこともない？」

「ない」頭で考えるよりも先に口が勝手に答えた。

「どんなふうなのか想像したことは？　興味本位にでも考えたことはある？」

オリヴァーに秘部を指先でまさぐられ、ヴィンセントは呼吸を求めてあえいだ。濡れた秘部をゆっくりとした退廃的な愛撫で刺激され、もはや真実を隠しておくことはできなかった。

ヴィンセントはきつく目を閉じた。「ある」低く荒い息とともに答える。そうだ。禁断の想像をしたことは何度もある。だがそのたびに自分で打ち消してきた。暗闇の中、ひとりでベッドに横たわってみずからのいきり立つ分身を慰めていたときでさえ、その衝動に身をゆだねたことはなかった。

「こういうことだよ」オリヴァーが答えた。まじめくさった声をつくろってはいるが、笑って いるのは間違いない。

指が一本、するりと体の中に侵入してきた。これまで存在も知らなかった神経を刺激され、ヴィンセントのものがずきりと反応して透明なしるしをしたたらせた。

「すごくきつい。すごく熱いよ、ヴィンセント」オリヴァーが空いた手を腰に回し、くぐもった声で言った。シャツの袖が感覚の研ぎ澄まされたヴィンセントの肌を刺激する。片方の脚をはさむようにして、オリヴァーがいきり立った欲望のあかしをヴィンセントの腿にすりつけた。そのあいだも、苦しくなるほど甘美な愛撫を指で続けている。

もう一本の指が愛撫に加わった。満たされ、大きく広げられて、ヴィンセントの体がかっと熱くなった。深い部分をまさぐられ、あと少しで……。

「くそっ!」ヴィンセントはこぶしを壁に叩きつけ、突然襲ってきたけだるい絶頂の予感を追い払った。精の源がきつく収縮し、いまにも体の中に入りこみそうだ。

オリヴァーが指を動かすたびにその部分が刺激され、すでに限界を超えたヴィンセントの感覚に新たな歓びがつぎつぎと加わっていった。慎みは頭から消し飛んでいた。ヴィンセントは頭を垂れ、腰を揺らし、オリヴァーの指を貪欲に求めていた。オリヴァーが必死で懇願するのも無理はない。体が満たされるというのは信じられないほどの快感だ。

腿に押しつけられるオリヴァーの硬くなったものに刺激されて、新たな認識がヴィンセントの中に芽生えた。だが自意識を完全に捨て去り、抱いてくれと懇願することが自分にできるだろうか？　這いつくばり、オリヴァーの素晴らしいもので体の奥深くまで突いてくれと求めることが……。

切望が津波のように押し寄せ、ヴィンセントの全身を突き抜けた。目の前の壁に支えられていなければ、そのまま膝から崩れ落ちていたかもしれない。それほど強烈な感情だった。

ヴィンセントは腰を突き出し、オリヴァーの指を受け入れた。けど、まだ充分ではない。「もっと」なんということだ。オリヴァーに懇願している。しかし、もうそんなことはどうでもよかった。

オリヴァーがはっと息をついてかすれた声を漏らし、さらにもう一本の指をヴィンセントに差し入れた。

「ああっ、そうだ」ヴィンセントの息が荒くなった。秘部が満たされ、まるで炎に焼かれているようだ。至高の快感と歓びが体に満ちていく。ヴィンセントは夢中で腰を突き出した。オリヴァーが指を動かすたびに、脚のあいだで昂ぶる欲情がずきずきと脈打つ。ふたりの荒い息づかいと血管を血が流れる音が耳に鳴り響き、もはや判別もつかなくなっていた。

オリヴァーが勢いよく指を抜いた。濡れた刺激が秘部を襲い、ヴィンセントはうなるような声をあげた。

「やめないでくれ！」ヴィンセントは肩越しにオリヴァーを見て抗議の声をあげた。

「やめないよ。でも、口でしたいんだ」オリヴァーがあえぐように息をしながらかがんだ。

「こっちを向いて」

ヴィンセントはためらいもせずに振り返った。オリヴァーがひざまずき、石のようになったものをつかんで一気に根もとまで口の中におさめた。同時に指で精の源をまさぐり、強く引っぱった。ヴィンセントの快感が痛みに変わる直前に手を離し、尻に移して秘部をもてあそびはじめた。ヴィンセントは片方の手を背後の壁につき、脚を広げて腰を前に突き出した。オリヴァーがふたたび指を秘部に侵入させてきた。柔らかな唇の感触と激しい秘部への刺激。ふたつが入りまじり、ヴィンセントに圧倒的な快感をもたらした。たちまち絶頂の予感が訪れ、みるみるうちに大きくなっていく。オリヴァーが喉の奥のなめらかな筋肉で先端を愛撫し、それに合わせてヴィンセントの体内の敏感な部分を指でこすりあげた。ヴィンセントはなすすべもなく絶頂に身をゆだねた。

ヴィンセントは咆哮をあげ、精を恋人の喉に爆ぜさせた。オリヴァーの指を飲みこんだ秘部の筋肉が痙攣し、全身に広がっていった。

オリヴァーがそっと指をヴィンセントから引き抜き、口に含んでいたものを出した。腕をあげ、濡れて腫れた唇からあふれるヴィンセントの精をシャツの袖で拭った。

ヴィンセントを見あげるオリヴァーの深い茶色の瞳には愛情があふれていた。頬を赤らめ、額を汗で濡らし、グレーの錦織のベストの下で胸を激しく上下させている。ひざまずいたまま、オリヴァーが両手を背中で組んで頭をさげた。濃い茶色の髪が顔に落ちかかる。見事なまでに全身の力を抜いていた。肩の線からもオリヴァーの落ち着きぶりがわかる。

「こんどはあなたが好きにしてください、閣下」

絶頂の余韻に圧倒されながらも、ヴィンセントは親友がいとも簡単にみずからを相手にゆだねるのを見て感嘆した。すべての愛撫には責任がともなうのだということを痛感する。二度と優越感に浸るようなまねはするまい。

「愛している」ヴィンセントはつぶやくように言った。手を伸ばしてオリヴァーの髪を耳にかける。オリヴァーのものがいきり立ち、ズボンの前がぴんと張りつめていた。

なんとかしてやらなければならない。ヴィンセントはその方法を充分に承知していた。

「動くな」声音からみずからの欲望を消して命じると、ヴィンセントはひざまずいたオリヴァーを残して寝室に向かった。

乱れたベッドや床に散乱している服を無視し、ろうそくをともして必要な道具を集める。一歩ごとにヴィンセントの秘部がうずいた。痛みや不快感はまるでない。むしろ血が血管を流れるのをあと押ししてくれるような心地いい感覚だ。オリヴァーの情熱をひとりじめしていると実感するのは素晴らしい体験だった。これからも繰り返さずにはいられないだろう。

ドレッサーのいちばん上の引き出しを開けてチェーンのついた革の手錠と黒い革の鞭を取り出した。それからベッド脇のテーブルに移る。張形はいらないが、オイルは必要だ。オイルの入ったボトルを手にしたところで空っぽの銀の皿が目に入った。

「どこへやった？」ヴィンセントは手錠と鞭を手に寝室から出てくると、きつい口調で尋ねた。

オリヴァーがびくりと顔をあげた。「何を？」

「ピンだ。売ってしまったのか？」こんなききかたをすることはないとわかっていたが、ヴィンセントはきかずにはいられなかった。もしオリヴァーがピンを売ってしまっていたのなら、完全に自分と決別していたということだ。それを思っただけでヴィンセントの心は想像もしなかったほどに痛んだ。

オリヴァーが顎を引き、ベストの中に手を入れた。「まさか。ヴィンセント、売ったりしないよ」ささやくように言って手を差し出す。

持ち歩いていたのだ。心臓の真上の位置に入れて。

ヴィンセントはオリヴァーの顎に手をやって上を向かせ、身をかがめて軽くキスをした。

「よし」決然と言い放ち、オリヴァーの手からピンをつかみ取って寝室へ戻る。「服を脱いでこっちへ来るんだ、オリヴァー」

翡翠のタイピンをくすんだ銀の皿の上に置くと、心にあった最後の戸惑いが消えていった。はだしの足音が聞こえてきて、ヴィンセントは顔をあげた。あっという間じゃないか。さっきこちらの服を脱がせたときは永遠のようにも感じられたのに。

「ドアを閉めるんだ」オイルのボトルをすぐに手が届くように洗面台の上に置く。ヴィンセントは鞭をベッドの上に投げ、手錠を差し出した。チェーンが手の下で左右に揺れる。

「どこに行けばいいかはわかってるな」

すでに自身をいきり立たせたオリヴァーが、真っ直ぐに天井に取りつけられたフックの下へ向かった。ベッドからは一歩、洗面台からは二歩離れた位置だ。こぶしを体の横で握りしめて胸を赤く染め、うつむいて辛抱強くヴィンセントのつぎの命令を待っている。

自分がオリヴァーに結びつけられているという自覚がヴィンセントにはあった。だがいまこの瞬間、オリヴァーを縛るのは自分だ。強烈な所有欲がヴィンセントの胸にこみあげた。

〝オリヴァーは俺のものだ〟

目もくらむような快感の高みに連れていき、限界まで追いやる。けれどそれも、オリヴァーの信用があればこそだ。限界を超えて苦痛を与えることは絶対にしない。

「手を出すんだ」

ヴィンセントはオリヴァーの手首に手錠を巻きつけ、両腕をあげさせてチェーンをフックにかけた。その隙にオリヴァーがヴィンセントの胸をかんだ。

ヴィンセントがぱっと一歩さがると、オリヴァーはふたたび従順に頭をさげた。手首を縛られ、両腕をあげている姿は、まさに服従という言葉を完璧に体現している。

生意気なまねをしてこちらを刺激しようとしているな。

ヴィンセントは内心で笑いつつ、厳しい口調で言った。「自分の立場を忘れたようだな、オリヴァー」

「すみません、閣下」

茶色の髪の奥に隠れているのは笑顔だろうか？

「本気で謝っているかどうか確かめよう」ヴィンセントはオリヴァーの背後に回って鞭をつかんだ。柄のいちばん下の平らな部分を自分の手にあてて、ばしばしと音を立てる。

オリヴァーがその音を聞きつけて低くうなった。「お願いします」腰を突き出し、尻をヴィンセントのほうに向けた。輝くような真っ白な肌が、鞭で赤く染められるのを待ち望んでいる。

欲情がヴィンセントの全身を駆けめぐり、どんどん高まっていった。自身が硬さを取り戻し、この先の行為を予測してさらに張りつめていく。欲望に支配されてしまう前にみずからを落ち着かせようと、ヴィンセントは深呼吸をした。オリヴァーをひどく傷つけないようにするには、自分を制御していなくてはならない。鞭は子どものおもちゃではないのだ。本物の痛みと、快感を引き出すこととの違いに細心の注意を払わなければ、大けがをする可能性だってある。

オリヴァーが腰を揺らし、チェーンが音を立てた。「ヴィンセント、お願いです」

ヴィンセントはゆっくりとした動きで、オリヴァーの片方の尻に軽く鞭をあて、続けてもう一方を打った。

「もっと強くお願いします、閣下」

「これよりも強くか?」腕を引き、ピンクに染まりはじめた尻をもう一度、少しだけ強く打ちすえる。

身をよじらせ、オリヴァーが体を震わせて息を飲んだ。「はい。もっと強く」

そこでようやく、ヴィンセントはオリヴァーの懇願に応えた。鞭が空気を切り裂き、ぴしりと尻を打つ音が部屋に響く。オリヴァーの尻が今度は茜色に染まっていった。オリヴァーに待つ苦しみを与えたくはない。ヴィンセントはつぎつぎと鞭を繰り出した。そして恋人は、ひと打ちごとにしなやかな体を快感によじらせ、懇願しながら、そのすべてを受け入れてくれた。こんなに美しい光景が他にあるだろうか。

オリヴァーが息を切らしてがっくりとうなだれ、懇願が言葉にならなくなったところで、ヴィンセントは手をとめた。

大きく息を吸い、鞭を落としてオリヴァーの正面に立つ。オリヴァーの胸が汗で濡れていた。彼のものは上を向いていきり立ち、欲情のしるしで濡れそぼった先端が平らな腹をなでている。

「やめないで。もっと……お願いします。ヴィンセント、お願い」オリヴァーが身を震わせ、チェーンを揺らしながら胸を突き出した。

ヴィンセントは片方の手でオリヴァーの胸の先端をつまみ、ひねりあげた。「こうしてほしいのか？」

「ああっ、はいっ！」オリヴァーが頭をあげ、歓びに体をそらした。

オリヴァーから手を離したくない。ヴィンセントは空いた手をオリヴァーの後頭部に回し、顔をぶつけるように激しいキスをした。熱にうかされたように唇をむさぼり、舌を強くこじ入れて恋人の口を味わいつくす。苦しげなオリヴァーのうめき声すら、飲みこんでしまえるような気がした。

ヴィンセントは下唇を鋭くかんでキスを終わらせ、欲情しきったオリヴァーの瞳を見つめた。「他にしてほしいことがあるんだろう？」

何も考えずに膝をつき、ヴィンセントはオリヴァーの張りつめたものを握った。舌先で先端を確かめることもせず、口を開けてそのままひと息に喉の奥へと導く。

オリヴァーが腰を前に動かすと、ヴィンセントは喉がつかえそうになってわずかに身を引いた。目を閉じ、むせそうになるのをこらえてオリヴァーをさらに奥へと誘っていく。塩辛い汗の味となめらかな肌の感触が入りまじった不思議な感覚だ。これまで味わったことのない甘美な感覚だった。舌が燃えるように熱くなり、もっと奥へ誘いたいという願望がこみあげた。もっと強く吸って、恋人の発する最後の一滴まで吸いつくしたい。

「だめ。だめだよ。やめて！」

ヴィンセントは顔を引き、オリヴァーを下からにらみつけた。こんな行為をしたのははじめてだが、どんな終わりになるのかは想像できた。それはきっと自分にとっても素晴らしい結末になるはずなのだ。「やっと俺がきみのここにキスできたというのに、こんどはやめろと言うのか?」

「うん」オリヴァーがすすり泣いた。そうとしか言いようがない。すすり泣くように言ったのだ。「だって、このままじゃ終わってしまうから」

ヴィンセントは片方の眉をあげた。「それが目的じゃないのか?」

「でもきみに突いてほしいんだ。お願いだ、ヴィンセント。きみが欲しくてたまらない」

「そうなのか?」こみあげる笑みをひたすら我慢しながら、ヴィンセントは立ちあがった。

「そうだ。早く、いますぐきみが欲しい。中できみを感じたいんだ。お願いします」

せつなげなオリヴァーの哀願を聞き、ヴィンセントの血管を通じて欲望が体のすみずみにまで広がっていった。だがそれだけではない。それ以上に、ふたりが一緒にいると完璧なのだという思いがヴィンセントの胸にこみあげた。ずっと前からわかっていたことだ。ふたりはそろってようやくひとつの完全な存在になるのだ。父のあんな要求を受け入れようとしていたとは、どこまで愚かだったのだろう。たとえ全世界と引き換えにすると言われようとも、オリヴァーを手放す気などない。

チェーンがいらだたしげに揺れる音で現実に引き戻された。ヴィンセントはオイルでみずからのものを濡らし、さらに手のひらに落としたオイルで赤く染まったオリヴァーの尻の中心を潤わせた。熱くほてった肌に触れ、秘部に指を一本、二本と差し入れる。

オリヴァーが息をつまらせ、つま先立ちになった。「きみが欲しい。いますぐに。早く。いますぐ」

ヴィンセントはオリヴァーの細い腰をつかみ、みずからの腰を前に動かした。きつい秘部の筋肉を押し広げ、熱くまとわりつくような中に入っていく。

オリヴァーがヴィンセントの下で身を震わせた。震える体に両腕を回し、ヴィンセントはオリヴァーの肩にキスをしてうなるように言った。「俺はきみのものだ。永遠に」


オリヴァーはヴィンセントに体を寄せた。彼の体は信じられないほどあたたかいが、残念ながらその熱も、ぴったりと寄り添っている側だけしか伝わってこない。疲れた目を開き、首を回してブランケットを探した。

カーテンの隙間から朝の陽射しが差しこんでいた。朝なのか？　でも……。

オリヴァーは体を起こした。膝をついてヴィンセントの腰をまたぎ、大きな体を見おろす。目覚めたばかりでどこかぼんやりした美しい青い瞳と目が合った。

「泊まってくれたんだね」

心外だと言わんばかりに、ヴィンセントが貴族らしく堅苦しい表情で顔をしかめてみせた。「当然だ。泊まっていかないと思っていたのか？」

「だって前は泊まったことなんてなかったから」

ヴィンセントが大きくため息をついた。「そのことも謝るよ。もっと泊まっていくべきだった。これからはそうするつもりだ。でも、毎晩というわけにはいかない。それはきみもわかっているだろう？」彼はオリヴァーの手を取り、ぎゅっと握りしめる。青い瞳から喜びが消え、代わりに厳しさが漂っていた。「俺が家に帰るのはきみと一緒にいたくないからだとは思わないでくれ。俺だって一緒にいたい。だけど、俺たちは慎重に行動しなくてはならないんだ、オリヴァー」

オリヴァーは指先をヴィンセントの口にそっとあて、厳粛に引き締められた唇の線をなぞった。「大丈夫。わかってるよ」現実世界でのふたりの関係には、耐えがたいこともたくさんある。ヴィンセントへの愛情を隠さなければならないなんて、それこそ間違ったことのようにも思える。しかし、それはオリヴァーがずっと以前に受け入れるようになった生きかたでもあった。

体をひねり、足のほうで丸まっているブランケットの端をつかむ。暖炉に火を入れるべきだろうが、まだベッドから出たくなかった。オリヴァーはブランケットを引いてかぶりながら、ヴィンセントのそばに横たわって身を寄せていった。

目がひとりでに閉じていく。ヴィンセントのあたたかな胸にはえた毛が軽く鼻をくすぐった。力強い鼓動がオリヴァーの意識を引き寄せ、ふたたび心地よい眠りに誘った。

「オリヴァー」

「何？」オリヴァーはつぶやくように答えた。

「俺は来週、ロザラムへ戻る。きみも一緒に来てほしいんだ。屋敷は小さいし人もそんなにいない。村の人間が俺の滞在中に昼間やってくるだけだ。きみの祖母の面倒は看護婦に見てもらえる」

オリヴァーはヴィンセントの胸に顔を押しつけたまま微笑んだ。「期間は？」

「二週間か、もう少し」

「二週間以上は無理だよ。急に滞在を延ばすことはできない。店があるからね。買ったばかりだし、やる気のないただの投資だったと思われたくないんだ」オリヴァーは何気ない口調で言おうとしたが、言葉の端々に誇らしさが表れるのをとどめてはおけなかった。

「きみが投資を？」

オリヴァーは肘をついて頭を起こした。「うん。ミスター・ウォレスの書店を買ったんだ。すぐそこにある。小さな店だけど気に入ってるよ」

「いつの話なんだ？」

「二週間と五日前、いや……六日前の話だよ。ぼくも努力してみようと思ってね」

ヴィンセントがまたしても顔をしかめた。「あの件に関しては本当にすまなかったと思っている。出すぎたまねだったたし、言いかたも最悪だった」

「けど、必要な忠告だったんだ」

「もう二度と……」

オリヴァーはキスでヴィンセントの言葉をさえぎった。「もういいよ」ヴィンセントがいなければ、自分の力で何かをしようとは思わなかった。

「そういうことなら、おめでとうだな。よくやった、オリヴァー」

「ありがとう、ヴィンセント」もう一度ヴィンセントの胸に倒れこみ、顔をうずめて微笑む。

ヴィンセントは自分のものなのだ。永遠に。

なんて素敵なことなんだろう。

でも、本当に？

オリヴァーはもう一度肘をついて半身を起こした。「ぼくは結婚しない。一生ね。だけど、きみは？」

ヴィンセントの眉がぴくりとあがった。ぶしつけな質問に明らかに動揺している。「ああ……俺だってしたくはない。本当に自分は夫には向いていないと思うしね。俺を認めて受け入れてくれるのはきみくらいのものだよ。しかしオリヴァー、きみに嘘はつかない。いずれ結婚しなくてはならない日が来るかもしれない。本当に結婚なんてしたくないし、正直に言ってそんな日が来るとも思っていない。だが、あと十年ほどのあいだにグラフトンが跡継ぎに恵まれなかったら……」ヴィンセントがオリヴァーの視線を避けるように顔をそらした。真実がオリヴァーの耳に突き刺さった。けれど、体をしっかりと抱くたくましい二本の腕が、絶望を追い払ってくれた。「領地をアダムズに渡すわけにはいかない。父の弟の息子で相続の権利があるんだが、グラフトンよりもはるかに劣る男なんだ。まったくの能なしだよ。わかってくれるだろう？」ヴィンセントが目の端でオリヴァーのほうをうかがった。「頼むからわかってくれ」

他の誰かとヴィンセントを分け合うつもりはなかった。ヴィンセントはオリヴァーのものだ。誰のものでもない。もちろんどこかの女性のものになるはずがない。だがオリヴァーには、義務に背を向けろとヴィンセントに要求することはできなかった。気高く名誉にあふれた彼の魂のすべてを愛しているのだ。もしかしたら将来、つらい現実が待ち構えているのかもしれない。でもいまは、ヴィンセントはオリヴァーのものだ。一緒にいるすべての時間を存分に堪能することができる。「もちろんわかるよ」そう言った瞬間、オリヴァーの下に横たわる大きな体から緊張がすっと抜けていった。

ヴィンセントが厳粛にうなずくと、両手でオリヴァーの顔をそっとはさみ、親指で優しく唇に触れた。「きみを愛している」ヴィンセントはつぶやいた。「何があろうと、俺はいつまでもきみのものだ」

「永遠に？」

「そうだ、オリヴァー。俺たちは結ばれているんだ。永遠にね」

訳者あとがき

米国のエロティックロマンス作家、アヴァ・マーチの初邦訳をお届けします。時代は一八二〇年代のイングランド、ロンドンです。ヒストリカルの作品が多い作家だけあって原作の雰囲気も味がありましたが、そのあたりがうまく出ていれば訳者としては嬉しいです。

貧乏貴族の文学青年オリヴァーと、優しいくせに傲慢なミスター・パーフェクトのヴィンセントの恋物語です。ふたりは幼なじみであり親友でもあるのですが、ある日、オリヴァーがヴィンセントの秘密を知ってしまってから物語が動きはじめ、ふたりの関係も変わっていきます。社会との葛藤、自分との葛藤、家族との葛藤、さまざまな問題にぶつかってけなげに悩みながらも成長していく姿がいいですね。男だ女だは抜きにしても、恋愛とはかくも人を成長させるものなのかとあらためて思いました。

本作を翻訳しつつ、どうしても頭に浮かんでしまったのが映画の『ブロークバック・マウンテン』。見直してみたりもしましたが、やっぱりいい映画でした。それにしてもこの映画の公開が二〇〇五年というのがびっくりです。つい最近の作品だと思っていたのに、月日が経つのはなんと早いことか！　いいものは時代に関係なくいいわけで、そういう意味では新しいも古いもないんですけど、それにしてもやっぱり早い……。

何はともあれ、オリヴァーとヴィンセント、愛すべきふたりの物語をお楽しみいただければ幸いです。

最後に、翻訳の機会を与えてくださったオークラ出版と編集担当者さまに感謝いたします。本作の翻訳にあたりアドバイスをいただいたNさんにも感謝を。あのときのパエリアは忘れられそうにありません。そして、本書を読んでくださった皆さま、どうもありがとうございます。

二〇一一年三月　美島　幸

プリズム文庫をお買い上げいただきまして
ありがとうございました。
この本を読んでのご意見・ご感想を
お待ちしております!

【この作品の感想のあて先】
〒153-0051 東京都目黒区上目黒1-18-6 NMビル
(株)オークラ出版 プリズムロマンス編集部
『貴族の恋は禁断の香り』係

プリズムロマンス

貴族の恋は禁断の香り

2011年06月23日 初版発行

著 者 アヴァ・マーチ
訳 者 美島 幸

発行人 長嶋正博
発 行 株式会社オークラ出版
〒153-0051 東京都目黒区上目黒1-18-6 NMビル
営 業 TEL:03-3792-2411 FAX:03-3793-7048
編 集 TEL:03-3793-8012 FAX:03-5722-7626
郵便振替 00170-7-581612(加入者名:オークランド)
印 刷 図書印刷株式会社

ISBN978-4-7755-1699-7